ZUI

Zestful Unique Ideal

最世文化
Shanghai ZUI co.,Ltd

凝固的时间

15th anniversary
ZUI
《最小说》
创刊十周年
☆ 书系 ☆

主编 **郭敬明**

湖南文艺出版社
HUNAN LITERATURE AND ART PUBLISHING HOUSE

博集天卷
CS-BOOKY

大街上黑影幢幢，彼此焦躁地沉默着。我们的时间哗啦啦地流淌着。

郭敬明

I feel lost sometimes 风过的时候 有樱花花瓣
在我们之间落下 听到他这么说 我忽然觉得悲哀
感觉自己也或多或少是 这样的吧

安东尼

温馨是最好的礼物，梦境也变得甜美安全。 / 曹小优

这个世界本就不是"真实"的，即使你朝九晚五，蝴蝶仍然会住进你的眼睛，提醒你慢下来，看看身边的一切。

迟卉

序
一千零一页

文 / 郭敬明

在眨眼的瞬间，时间就能摆动出浩瀚的涟漪，而十年，只是裙摆上浅浅的一道褶皱，褶皱里承载着，一代人单薄而又孤单的青春光景。

《最小说》创刊十年了。

那时候的年轻人，比现在寂寞多了。没有纷纷扰扰的社交软件，没有放不下的智能手机。只有压得喘不过气来的模拟考卷和厚厚的参考习题。而那时，每个月薄薄的一本杂志，就成了很多年轻人灰色天空里的一抹亮色。

我和当初共同创立杂志的伙伴们，从二十出头的年轻人成长到了如今的而立之年。这意味着，当初最早的一批读者，也从十几岁的少年，离开学校进入社会，开始品尝人生百味。很多人开始谈恋爱、结婚、生子，也有人依然孤单地生活着。无数人在时间的浪潮中起伏跌宕，无数人的"十年"装订成一本厚厚的年鉴。

那时候的我们，每个月都为选择什么样的故事，用什么封面，有什么有趣的选题而绞尽脑汁。年少的心气在成长里渐渐泯灭，回首沿路十年的心境和路径，我们欢欣鼓舞，我们饱含热泪。

我们留下了浩如烟海的文字。

　　随着年龄增长，我越发感受到文字的力量。时间在流逝，记忆会模糊，人们相聚又分离，谁也无法确切知道未来会是怎样的光景。只有文字确实地留存着，白纸黑字，忠实地记录着此时的我们已经无从确认的属于遥远时光的情绪和思考。

　　而再次阅读这些文字的我们，仿佛拥有了某种保存时间的能力。

　　从 2006 年至 2016 年，最世文化走过十年岁月，签约上百位作家，出版上千本图书，在《最小说》发表的文章难以计数，它们当中的许多篇章，都在曾经的岁月里，打动着每个月几十万个读者。我们选择在十周年纪念之期，推出十周年文集，收录历年部分《最小说》千元大赏、大奖、金赏和 ZUI 作家作品，以及签约作家的代表作、优秀作品，集成五本，作为《最小说》十年来的精华，供读者们收藏回顾。

　　这将是一次前往旧时的闪亮旅程，跟随那些灵光乍现的文字，我们将看到已经一去不再回来的青春岁月。离我们已经很远的考试、同桌、宿舍、初恋、孤单……所有时间的碎痕，给养起我们的生命。

　　我想，在无所不容的时间面前，我们的感情同样有着相似的力量，人与人之间撞击出的能量，汇聚成文字，一个个不起眼的小字，连接组合到一起，便拥有了凝固时间的魔法。时间、文字与情感，这三者的集合，便是浩瀚所能代表的一切无尽。

　　感谢你，陪我们度过的一千零一页。

目录
CONTENTS

凝 固 的 时 间

凝固的时间

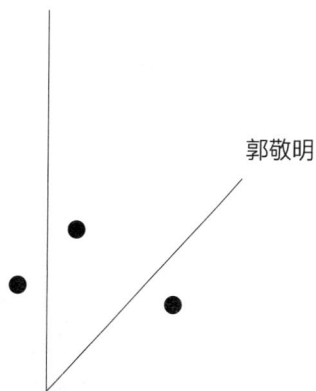

郭敬明

郭敬明

中国畅销小说家，导演，编剧。

上海最世文化发展有限公司董事长，《最小说》杂志主编，《文艺风象》《文艺风赏》杂志出品人，"80后"作家群的代表人物，青春文学市场领军人物。

已出版作品：《幻城》《夏至未至》《悲伤逆流成河》《小时代》系列、《爵迹：雾雪零尘》《爵迹：永生之海》

导演作品：《小时代1》《小时代2：青木时代》《小时代3：刺金时代》《小时代4：灵魂尽头》《爵迹》

一

　　我算是《下一站》系列的"元老级"人物了吧——从第一本的《下一站·伦敦》开始，我风雨无阻地参加了每一次的《下一站》系列。尽管很多时候，是因为邀请方热烈地希望我的参与，出版社也希望能由我带队，销量比较有保障（对，往往就是这样世俗的理由和客观而尴尬的存在）。但实际上，每一次的"下一站"，都会给我带来完全不一样的体验。说到底，其实我是一个顶不爱旅行的人，哦，这么说可能不太客观，我年少的时候，还是很爱旅行的，甚至一个人背起包就跑出去过。但随着工作越来越忙，人的心也越来越被磨砺得太平消停，旅行就很少出现在我的生活里了。所以说，《下一站》系列的出现，使得我必须以工作的名义来面对每一次旅途，有点像是公司强行为我安排的度假。

　　但旅行的意义，在《下一站》系列里被贯穿得非常严实，因为，每一次，我们都是和一群新老朋友一起，这难道不是旅行真正的意义吗？和一群志同道合的朋友，分享异域的风景和心情。沿路的欢笑，都是意义的证明。

　　而这一次的法国南部之旅，将这种意义发挥到了顶级——你看我们同行的五个作家，都是我的老朋友。我开心死了。

二

这一次的法南之旅，有一个最核心的主题，那就是酗酒。(……)

对于我们这帮平时就老爱找各种各样的理由（某某新书出版，某某项目顺利完成，某某搬新家，某某家的猫生了小猫，某某不再拖稿交了专栏……）开庆功 party 的人来说，这实在是太美妙不过的一件事情了。

每一餐都会配上当地有名的葡萄酒，有些极其昂贵，有些价格也非常亲民，并且吃海鲜、吃牛排、吃蔬菜、吃烧烤……不同的主食都会有不同的美酒送上。我酒量不好，但是却又爱逞能贪杯，总是和安东尼、落落、恒殊聊着聊着就喝多了……甚至后来在古堡的一个庭院里吃烧烤的时候，连喝着当地最有名的 ZERO 气泡酒（也就是零度的气泡酒，完全没有酒精），我们也能满脸通红，笑声不断。(后来想起来，应该是被法国南部无限量供应的日光晒醉了。)

记忆最深刻的应该是在鲁西荣 Georges PUIG 酒庄里喝"天然甜"的时候——他们把这种发源于当地的酿造葡萄酒的独特方法传承了几个世纪，这种自然会产生甜味的葡萄酒就被他们称呼为"天然甜"。最奇妙的是，酒庄的主人在桌子上一字排开各种年份的酒，让我们开怀畅饮。那算是我人生喝醉酒体验中最愉悦的一次了——感觉不出任何酒精的不适，只留下舌尖浓郁的甜味。我们从 2007 年的一路往回喝，中间还特别喝到了 1949 年的酒，那是新中国成立的年份。后来喝到 1890 年的时候，大家都有点开玩笑的害怕，我们打趣地说这个酒的年龄比我们爷爷的爷爷都要大，还能喝吗……我们中间胆子最大的落落，做了第一个吃螃蟹的人，她喝下第一口后直接尖叫了起来——太好喝了吧！于是我们纷纷加入了她。事实证明，只要你喝过这瓶 1890 年的酒之后，其他的酒真的都弱爆了！我难以形容这瓶酒的浓郁甜美，用恒殊的话来说，"就像是吸血鬼喝到了精灵处女的鲜血"……尽管诡异，但好贴切。

离开的时候，酒庄主人说要送我一份礼物，是一瓶酒，我低下头一看，瓶身上用花体写着"1983"。

哇哦。

三

我们一路都在享受各种各样的美食，不夸张地说，我觉得接待我们的随行人员真的是在变着法儿地让我们吃各种各样的人间美味，生怕和别人重复了似的，生怕比别的地区落后了似的……实在热情得让我们有些过意不去——当然，过意不去的也就仅限我和笛安两个胃像小鸟般大小，任何美食动动叉子就饱了的人。其他人真的是没在客气，到任何一个城市和地区，都大快朵颐（丧心病狂）。经常吃完一顿饭，你会听见大概四五个人同时发出"怎么办，我裤子快要崩开了！""我裤子还好，但是走不动了。""我看起来像怀孕吗？"之类的讨论……

但我和笛安抗拒不了冰激凌的诱惑，这个我们得承认。沿路总有各种各样的冰激凌在诱惑我们。

然而我要重点叙述的，是我们在马赛扬海滨牡蛎养殖场，主人热情招待我们吃牡蛎的事件（蛮惊悚的）。事情是这样的，当我们到达海边，主人热情洋溢地对我们介绍牡蛎的养殖，养殖场的由来，历史传承，带我们参观牡蛎加工工厂……一路走下来，我能听见安东尼和恒殊流口水的声音，但我和笛安天生对海鲜不敏感——其实是太敏感，我和她都过敏，所以我和笛安没有那么丧心病狂。甚至逛到后来我听到落落几乎快要呐喊"到底让不让我们吃啊"。

等到一切介绍完毕，终于迎来了最重要的品尝大会，在海边，主人拿出了他们最好的牡蛎———一种贝壳是紫红玫瑰色的牡蛎！天哪！我长这么大第一次看见这么漂亮的牡蛎，于是连我都忍不住想要品尝一个了。

但是，可能因为我是内陆人的关系，没有习惯在海边长大，没有捞起什么都能直接往嘴里送的本事，吃完第一个，我就差不多了。（……我说的差不多，是指我的命差不多了。）鲜美是真的鲜美，但是腥也是真的腥，越新鲜越腥……我赶紧喝了一大口白葡萄酒。

而我身边的安东尼和恒殊，眨眼间已经丧心病狂地吃了五个了……

然后，重点来了，回到酒店，恒殊一直两脚发软，而安东尼呢，直接抱着马桶吐了……惊悚吗？安东尼一脸蜡黄地对我说："看来，再好的东西，也不能肆无忌惮地吃……"

四

——他们像是上个世纪的人。你觉得吗？

——可是他们很现代啊。

——我知道，我说的是感觉。你看，他们住在城堡里，住在几百年前的房子里，在几百年前的河流里饮水，在几百年前的花园里修剪玫瑰。他们像是活在琥珀里的人。

不管住在哪座城市，哪怕是相对热闹的蒙彼利埃，一到晚上，整个城市都会变得安静下来。哪怕是白天人声鼎沸的闹市区，一到晚上，也会变得只剩下路灯照耀着空旷的大街，宽大的树叶在地面滚动着，偶尔跑过一两只猫。

时间像风一样，贴着地面跑。

不像在上海，或者北京，或者香港，一到晚上就霓虹爆炸，整个城市仿佛摔碎了一样，人们的瞳孔里焦灼着欲望和不安。大街上黑影幢幢，彼此焦躁地沉默着。

这里的时间流逝得很慢。

你看路边的两个英俊的男子，从早上九点开始，他们就坐在那里喝咖啡，他们也不怎么聊天，甚至都不看手机——我其实有点怀疑他们到底用不用手机。而现在，快要十一点了，他们面前的咖啡已续到第三杯了。

而我们呢，我们所有人都在对着自己的手机，仿佛对讲机一样在叽里呱啦地发微信，聊工作。我们忙着拍照片，忙着记笔记，忙着在商店里买各种各样的东西。

我们的时间哗啦啦地流淌着。

仲夏夜

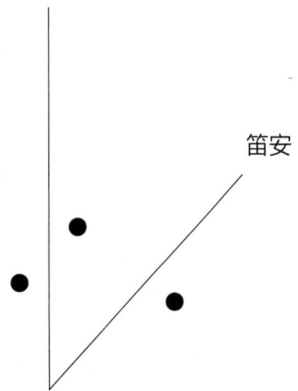

笛安

笛安

上海最世文化发展有限公司签约作者

我写的故事都是假的，但我知道你会相信。

已出版作品:《西决》《东霓》《南音》《妩媚航班》《告别天堂》《芙蓉如面柳如眉》

《南方有令秧》

　　我坐在南锣鼓巷的一间小店里，等着珠尔。离开巴黎已经两年多，甚至不确定自己还能不能讲法语。两年前，飞机从戴高乐机场起飞，还以为不过是在北京待半年，就回来——却不知道自己就这样，像转世投胎一般，飞到了另外一辈子。

　　跟珠尔失去联络，有一段时间了。国内没那么方便上 Facebook，或者说，即使方便，我也不是那么热衷于社交网络的人。收到她的邮件的时候，心里莫名地一动，她的名字突兀地出现在一堆约稿邮件、房产广告，和采访提纲里——前世今生就这样交汇了。她说她拿到了十五天的带薪年假，马上抵达北京，准备好好看看这个对她而言总是出现在传说里的城市。她写信的语气一如既往，她是个乐观的姑娘，总有种凡事往光明处张望的蓬勃——也正因为如此，当年系里有一些人不喜欢她，他们觉得她为人虚假，看起来像交际花一样跟谁都友好相处，可是没有真心——人类的确是麻烦，无论在北京，还是在巴黎。

　　约在了南锣鼓巷，因为总觉得那也许是所有外国人都想要看见的北京——四合院、小店面、青砖墙——我打算带她去后海转转，等夜幕降临以后吧——特意早到了点，她一句中文不会讲，总不能让她等我。我突然想到一件很小的事情，小到我自己都觉得荒谬——等一下，见面的时候，一定要像过去在学校里碰面那样，拥抱她，然后互相贴面颊——久别重逢，该贴四次才对。两年来我从没再跟什么人行过这个礼，会生疏吧？我得用一种自嘲的语气告诉她，真是很久没这么做了。

我知道，即使我的法文已经生疏，即使有些词我一时半会儿想不起来该怎么说——可是只要我开口去讲，脸上的表情就会有微妙的变化。我自然不可能时刻对着镜子说话，但我就是知道。说着那种语言的自己，不是同一个人。我需要用另外一种化繁为简的方式去思考和表达事情——那是没有办法的事，谁让我对那种语言的熟稔程度还远远没到心有灵犀，因着这种不得已而为之，表情一定会随着那种语言的律动，变得带上莫名的自嘲或者刻意的轻松。当对面交谈的是外国人，我知道该怎么介绍自己，我知道回答一些问题的时候该拣怎样的重点——"你家乡是中国的哪里？""在北方，一个工业城市，离北京不算远。不过，坐高铁也要四个小时。""中国就是大。""没错的。"类似的对话，看似顺畅地滑行，问我问题的人不会知道，这顺畅来自我多年来的打磨。就在不久之前，在企鹅书店办一场读者见面会——下面坐着的都是居住在北京的外国人——不由自主，我在回答问题的时候就知道该如何调整语序，如何省去一些不必要的成语和典故，如何将某些概念加一两句恰当的解释——这样，坐在我身边的同声翻译工作起来就比较容易。没有任何人教过我必须这么做，同样也没有人教过我为何要这么做——我灵魂里的另一个自己在奋力争取出头的权利，仅此而已。

渐渐地，就学会了用那种陌生的语言思想，遵循着截然不同的因果关系。

珠尔的短信说，她得迟到一会儿。她没有想到北京的路居然堵成这样。南锣鼓巷所有店面都面积狭窄，我身边那张狭小圆桌上的客人，已经换过三四轮。两个一听就是从美国来的女孩子，兴奋地比较着刚刚从藏饰店里买来的手链。也许珠尔手上，此刻也有一串类似的新鲜玩意儿。我跟珠尔算不上是朋友——学生时代，她的确看起来跟谁都是朋友，但貌似不属于任何一个固定的闺密团。她念书很努力，总令相对颓废的我觉得，此人的积极给人蛮大压力的。她热爱自己学的专业，总是展现出一种全力以赴的样子，让人知道她追求卓越。像很多法国女人那样热衷谈论政治，我记得那个画面——她站在通往我们应用人文科学中心的丹东街口，点燃一支白色万宝路，跟班上的几个男生相互调侃着，然后齐心协力一起嘲笑一个投票给萨科齐的同学——文学院的学生历来会给左派投票，这在巴黎是个铁律，不管社会党是多么没有出息。

还有呢？

我是说，我还记得珠尔什么呢？

想不起来了，可是我此刻却在盼望着看到她。就在出门的时候我还只是把今晚的约定当成一个非去不可的过场——老同学千山万水地来度假，怎么也得见一面。但现在，不是那么回事了，我想看见她，即便我也知道除了聊刚刚过去的新一轮大选，也没什么话题。

也许我们可以聊聊她去年在非洲的旅行。也许我们可以聊聊那几位依然留在学校里写博士论文的同学，不然就聊聊她的工作吧，她所供职的市场调查公司据说越做越大了——她算得上是当初同学里学以致用的。聊什么都好，聊一点能让我想起巴黎，想起往昔的事情。我最不想聊的就是我自己，我的工作，我的生活——我如今的生活早已超出了当年最大的梦想，可是当我面对着旧日故人，总有一种不真实的感觉，也许真的，这几年，别人都在一如既往地踏实生活，唯独我在做梦。

我挥霍了什么，耗掉了什么，失去了什么，我自己清楚。我庆幸我还是一个能够计算这些的人。人生最可怕的事，便是得意忘形至错觉巅峰一瞬会持续至永远。珠尔熟悉的身影终于闪现在门边，栗色鬈发长了些，弯在肩头，她看上去没怎么变，出来玩也还是学生时代那种牛仔裤和夹趾拖鞋的打扮。眼睛仍是明亮的。

我站起来冲她挥手。差点带翻了面前早已喝空的玻璃杯。拥抱她的时候，一句法语像只小鸟那样振翅飞出，在我还没来得及弄明白它是什么意思的时候。我听见我自己跟她说："这么久了，真不敢相信啊。"

那些年，我从来不肯告诉同学们，我写作，今晚，我会对她说。

我想带她好好去喝一杯。无论多晚，送她回酒店。也许我不会告诉她，我好喜欢飞驰在凌晨空旷得像是梦境的长安街——因为在那个时候，我往往像含着眼泪那样怀念巴黎，甚至怀念所有我还没来得及经历的人生。

千寻

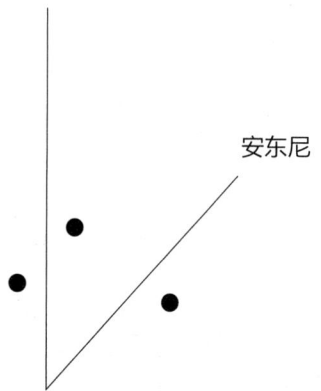

安东尼

安东尼

上海最世文化发展有限公司签约作者

卧室写字 厨房工作 心中有爱 脚下有风

已出版作品:《红——陪安东尼度过漫长岁月Ⅰ》《橙——陪安东尼度过漫长岁月Ⅱ》《黄——陪安东尼度过漫长岁月Ⅲ》《这些都是你给我的爱》《这些都是你给我的爱Ⅱ云治》《尔本》

一

很早之前 看的谈话节目 大家都在讨论 那些能让自己流下眼泪的事
这时候 蔡康永说 宫崎骏的动画中 能让我哭的是《千与千寻》

他说小女孩抱着白龙 在天上飞的时候 她说 我想起来你叫什么名字
了 你的名字叫 赈早见琥珀主 然后小白的鳞片全部都飞掉 然后两个人 一
起坠落下去 然后就……（这时候 他就哭了起来）

大家连忙闹趣 他却认真地 继续说它忘记它的名字很久了……它找
不到 自己的身份 那么久 结果终于知道自己是谁了 这不是很感人吗

当时 我也 没觉得多感人 也不知道 为什么要哭

二

一个月的时间内
在墨尔本城市里自己租的高层公寓里醒来
在胖子和小野合租的越南市场附近的公寓里醒来
在城市那头 穿过公园的 Thomas 家的平房里醒来

在那鬼家 临时的席梦思床垫子上醒来

在靠近海边 有热闹酒吧的旅馆里醒来

在上海 小跳家展览馆的阁楼上醒来

在静安区公司附近 小西他们一家 Kim 的床上醒来

在 大连 感觉陌生的自己房间的床上醒来

在日本 新宿西班牙男生 Carlos 的房间里醒来

在同学家 拥挤日式住宅的上铺中醒来

在贵船神社 温泉旅馆的榻榻米上醒来

常常起来以后 光着身子坐在那里 也不知道自己是在哪个国家 哪个
城市 在干些什么事情

三

在墨尔本的四五年 一点点地 不经意地 发生着 翻天覆地的变化 从刷
碗 一点点变成实习厨师 后来 成了大厨 如果是五十个人以下的宴会 老板

娘就让我自己挑大梁 而且不光是厨房 销售的企划 宴庭的布置 婚礼的流程 这些 管理层的事情 她也会让我参加

朋友也变得多了起来 世界各地 各个层次的每一个人 都有自己的特点 都很善良 所以 寂寞的时候会有人陪 难过的时候 有人安慰 快乐的时候 有人分享 我的口语也一点点变好 知道和什么样的人要说怎样的话才能聊得起来 说话的时候 更像老外那样会用目光交流 吃饭以后会习惯给小费 从开始走路 坐公共汽车 骑自行车 到后来 买了第一辆破车 再后来 买了第一辆进口车 后来 即使半夜三更 有了 GPS 想去哪里 就去哪里

后来选了厨师专业 然后工作了半年 又去上了大学 因为完成了之前部分的商务课程 本来四年的大学课程 变成了两年 于是 轻松地上了一年大学 又在官邸实习了半年 这样 学士学位也拿到了 这时候 我之前的同学们 有一些 已经大学毕业回国了 有一些在读研究生 有一些大学一直挂科还没毕业 因为绿卡的申请递上去了 马上就要到了 抉择是留在澳洲 还是回国的问题 加上 还有半年实习 所以 决定回国工作一阵子看看

走的时候 老板娘在 Sunbury 给我办了送别 party 我们官邸所有
的员工都来了 洗碗的阿姨 清扫的叔叔姐姐 服务员的那些女生 经理
和我的大厨 大家一起 吃了很多东西 喝了很多酒 我要了一份大号的
pizza 又要了一份 主餐的意大利面 难过的时候 就能吃很多 所有人都
过来 和我拥抱 过来问我 回去以后干吗 以后还回来吗 喝到尽兴的时候
老板娘让大家都静下来 她拿出一个礼盒给我 她把我抱在怀里 和大家
说 我爱 安东尼 我总能记得 第一天见他的时候 那天下雨 他骑辆自行车
戴个头盔 来敲门 问有没有工作 当时我觉得他连英文都说不顺 就说 没
有工作 让他圣诞节的时候再来 结果 过几天 他又骑着自行车 来敲门
我就想 要不给他一个机会……说到这里 老板娘就开始哭了 她抱住我
亲了我的脸颊说 不管去了哪里 都不要忘了我们 我是你 澳大利亚的
妈妈 然后她把那个礼物给我 是一个 名牌护照钱夹 她说 她看了我的
手相 说我 会一直在路上 到处旅行 这个会很实用 说 官邸随时欢迎我
回来

开始 什么都不会 去哪里都要问路 又不好意思和老外交流 还是保有
中国人的习惯 讲话的时候会回避对方的目光
走的时候收拾行李 很多的英文考试卷子 菜谱 之前用的乘车票和
timetable 明信片 照片 慢慢积攒起来的家具 床 沙发 冰箱 椅子 香水和西

装 出版了的 自己的第一本书

然后就想起来 我是谁了

我叫亮 2003 年春天出国 从国内带来的 大学时候穿的衣服 秋衣秋裤
云南白药的牙膏 海飞丝洗发水 电脑是中文系统 中文的小说 电褥子 甚至
拿了中国菜刀

当时 走在城市里 也不觉得自己属于这座城市 总是潜意识地昂首挺
胸 不想给中国人丢脸 想要把灵魂挂起来

也会迷惑 所有的东西都很贵 担心家里给自己拿了那么多钱 把自己
送到大洋彼岸 会不会 那些用差价换来的 澳币打了水漂 也会担心 自己换
专业 是不是不明智的选择 说不定 毕业以后 我的朋友都成了高级白领拿
了绿卡 结果我还是小饭店里的厨师 工资刚好够交房租

最后的那个晚上在你那里睡 早上起来穿衣服的时候 你还在睡着
收拾好了以后 我说 好了 我要走了 可是你忽然拽住了我 你说 stay 像
你这么散漫的人 会这样用力地抓住我不放 让我有点吃惊 我开玩笑说
我是 E.T 吗 结果你却没有笑 把我使劲地 抱住 然后我们就那样静静
地 静静地抱了很久 其实 我知道当时我们的心里 也像 外星人 E.T 那

样 哽咽不停地 说了 Ouch

四

　　大概十二个小时的飞行 飞机抵达浦东机场 这些年经历了这么多 已经没有什么期许和兴奋

　　从机场打车去小跳家 把行李放好以后 他便带我出去吃饭 半夜十一点 我们在路边喝粥 吃包子 旁边的人说话的声音 电视的声音 道路上车子刹车又启动的声音 混合着空气 让 我回家了 的这种感觉变得真实起来 中国 这两个字 的意义 就这样 温柔地 将我包容了

　　第二天早上 一早从小跳家离开去小西他们家 早上开始下雨 起来坐在房间里看书 林夕的《原来你非不快乐》小跳说 那是他采访林夕的时候 林夕送给他的 而且 还有签名 我说 嗯 写得很好的 我很爱林夕 然后小跳想了想说 那送给你好了 我说 好啊 那我也送你一个东西 于是 翻开包 说你随便选 结果 他选了 我实习时候的 印着 Anthony 的名牌 我说 你要这个干吗 他说 哪天天气好了 我就戴着这个出去 做一天的你

我说 你们文艺界的人 好别扭哦 他说 你自己不也是很文艺 我说 我哪有 我明明是个杀猪的

到小西家的时候 是八点半 天空灰暗 在门外就看到 小西和李安在刷牙 刀刀大喊一声 安东尼来啦 大家都很热情 我把包放起来以后 就和他们一起去了柯艾 路上 Kim 带我 去芭比馒头 买了包子 我觉得自己已经四五年没吃到这么好吃的包子了 公司里一个个同事开始上班 和他们打招呼 大家拿着 新出版的《这些都是你给我的爱》让我签名 很亲切的样子 李安和小西的工作区也贴着 新书的海报 小四下午来上班 晚上请我们出去吃饭

接下来几天 我开始找工作 我的编辑小青开始帮我找房子 小四给了我很大帮助 他不忙的时候 就把车借给我们看房子 晚上回公司的时候 小四和我说 新书 3 月在全国销量排行第十五名 他说 非常厉害 别忘了 书 15 号才上市的

小西一家 关照得无微不至 庆庆带我去办理了手机卡 银行卡 Kim 给我准备了新的毛巾 而且因为我要和他挤一张床睡 他把床罩也换了 有的时候 我们躺下了 都睡不着 就开始聊天 他讲讲他家里的事 我讲

讲国外的生活 讲着讲着就睡着了

　　生日那天 小西加班 我和小四两个人 去吃豆捞 我说哇 小四陪我过生日 吃了以后我们去外滩溜达 当天晚上 还是有点冷 他穿着卫衣 把胳膊抱在胸前 外滩上还是很多游客 天南地北的口音 小四指着对面的楼 问我上次你来的时候 那边已经那样子了吗 我指着对面的花坛说 上次来上海你给我在这里照的相 我们站在黄浦江边 看着对面的建筑群 一切都像梦一样 上海好像一个体格健壮的青年 夹杂着身上的不平衡 昂首阔步地往前走

　　又是一阵风吹过 空气中弥漫着江水的味道 然后我就想起来了

　　那时候我还没有开始写东西 我是一个 普普通通的大学生 我和小四阿亮 痕痕是朋友 当时 我在沈阳 晚上五点的时候 天就黑了 我坐着公交车从大学城到火车站买票 鞋子里都是湿的 脚已经冻僵了 拿到票以后 我给他发消息说 我去了会不会给你们添麻烦 再说 我身上也没那么多钱 小四回复说 没事 你能来就行 其他的不用担心
　　那是第一次来上海 小四就带着我逛了外滩 还有南京路 晚上的时候在小区门口买了河蟹 痕痕在厨房煮 然后 大家围成一圈在厅里吃

我想起来

出国以后 小四问我 你要不要 给我们新出版的杂志写东西 我说 好啊

我想起来 小四偶尔和我说的 安东尼 你红了 读者们热情地回复和评论 第一次看到自己的书在图书馆里的时候的心情 每一次 安静下来 在电脑前 写下心里点滴的开心 难过 失落和恍然大悟的时刻 它们就那样 无声无息地 在过往里存在着

小四说 他要出散文集 我说 太好了 我最喜欢你写的散文了 你应该多写散文 然后他忽然 看着我 很认真地说 小说写多了 就不爱写散文了 你会开始习惯讲别人的故事 那些藏在心里的东西 不会想拿出来 一五一十地和大家分享了 他说这句话的时候 我有一点难过

五

接着就飞到了日本 飞机降落在东京机场 我在航站楼办理了 手机租赁业务 给 Carlos 发了邮件 他立刻就给我回复了 信息里 很详细地说了 怎么坐车 在哪里见面

晚上 我们在东京涩谷的人群里穿梭 找一家有名的咖喱店 第二天他上班 我坐新干线 北上去了 秋田 一路上 路边 常常出现 漫山的樱花 过了仙台 就开始一点点变冷 远处出现高大的雪山 快到秋田的时候 外面已经成了雪的世界

坐在那个十平方米的露天温泉里 脑子又空白了 从一边抓来的一捧雪 放进水里 化了 又抓来 放到温泉里 手心里什么都留不下 除了冰冷的温度

后来去了 瑞士的 Rickard 家 她和男友一起住 周末的时候 正好赶上一年一度的 哈纳米的节日 Rickard 告诉我 今天公园里会人山人海她的很多朋友也会去 她说 她的男友 Yoshi 是个演员 周末的时候他去 养老院当义工 说他曾经出演过 日本版的《小王子》话剧 我说 是吗 我写过一个童话 刚刚出版的 很像《小王子》的感觉 Rickard 问我是怎么样的故事 我说 其中有一个故事是 bunny boy 和狐狸在森林里走 狐狸要和 bunny boy 做朋友 结果 bunny boy 没有答应 因为他怕失去狐狸 之前和他做朋友的人 一个个地都离开了 后来他俩继续往前走直到有一天狐狸不见了 bunny boy 很难过 Richard 听了以后 说 我喜欢这个故事

我们把 垫子铺好 坐在樱花树下 朋友们三三两两地 带着吃的 喝的过来 我和加拿大的 Mike 聊天 他说 你会不会 觉得走得太远了 也不知道 自己到底属于哪里了 在日本的时候 我觉得我是老外 是异客 可是 现在我回到 加拿大 也觉得不适应 I feel lost sometimes（我感觉我失去了什么）风过的时候 有樱花花瓣在我们之间落下 听到他这么说 我忽然觉得悲哀 感觉自己也或多或少是 这样的吧

最后一天 去了 东京三鹰市下连雀的 宫崎骏动画博物馆 在茂密的树林围绕下 这个美术馆 远看像一块经过琢磨的玉石 绿色的屋顶 使它好像是隐藏在 森林之中 馆内 路桥相连 楼台错落 青葱遍野 草木扶疏 很容易让人想起来 宫崎骏动画里的风情

这时候 LCD 正好在 放映《千与千寻》的片段

千寻坐在白龙身上 双手抓住他的犄角 他们在天上飞 忽然之间 千寻脑海里 有坠落湖底的 画面 忽然间 又出现鞋子被冲走的画面 白龙的身上泛着波纹
千寻说 小白 你听着 这是我妈妈告诉我的 我已经记不清了 我小时候曾经掉落河川里 那条河已经被填了 上面建了房子 不过我现在 却想起来

了 那条河的名字是 那条河 叫作 琥珀川 你的真名是 琥珀主……

六

忽然地 就控制不住 流下了泪来

时光旅人 ·

与Beatrice相遇是我

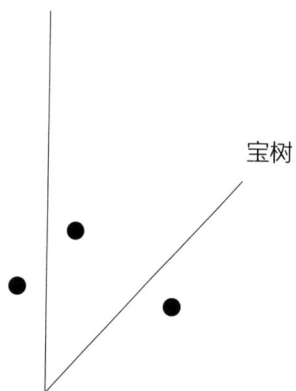

宝树

宝树

上海最世文化发展有限公司签约作者

人，是一个影子的梦。

已出版作品：《三体X：观想之宙》《时间之墟》《古老的地球之歌》《你的第一本哲学书》

（译作）《天众龙众·伏地龙》《天众龙众·金翅鸟》《时间狂想故事集》

每个人在这个世界上活着，大部分时候都和其他人一样，过着饮食男女庸凡无奇的生活。然而，总会有某些赐福的时刻，会有来自我们世界之外的光照亮我们，让我们发现活着不仅仅是活着而已，还有天空，还有星星，还有诗歌和花卉。

对我来说，那束光，就叫作 Beatrice。

Beatrice，有时候翻译成比阿特丽丝或者贝德丽彩，但丁终生的爱恋。我是 9 岁时，在一本历史读物中与她相遇的。书中有一段介绍但丁和《神曲》的浅显文字，记得大意是说，但丁 9 岁时遇到了一位比他小一岁的小姑娘 Beatrice（文中是一个古怪的译名），对她一见倾心。但是 Beatrice 很早去世了，但丁非常悲伤。后来，但丁让 Beatrice 在《神曲》中复活，成为引领他朝向天堂的一位天使。

这不同于童话中王子公主的完美爱情，也不像当时热播的琼瑶剧那么爱恨缠绵，却别有动人之处，让我无法放下。好奇之下，我从图书馆里借来一部民国时王维克翻译的《神曲》，似懂非懂地读着，尤其是 Beatrice 出现的那些诗行。后来，又找到了但丁专门记载她的《新生》和一些学者的考证，知道了更详细的故事全貌——那已经是几年之后的中学时代了。

Beatrice 大概是姓 Portinari，出生于佛罗伦萨的贵族家庭。在 18 岁时，青年但丁和她再次相逢，听到了她亲口的问候，宛如仙乐，这令他童年的爱慕重新复活。此后他们在一些社交场所频繁相遇。但是或许由于门第和家族婚约的压力，也或许只是由于少男的羞怯，但丁从没有表白过他的爱情，只是默默地为她写下哀伤的诗句。几年后，但丁娶了从小订下的未婚妻，Beatrice 也由家族安排，嫁给了一个丧偶的银行家。不知道她的婚姻是否幸福，但她 24 岁就病故了。这就是后人所能知道的全部。

Beatrice 和但丁看上去仅仅是一般的相识，他们有过更密切的交往吗？更重要的问题是，Beatrice 对但丁怀有过特别的情感吗？几乎都无迹可寻，只有在《新生》中有一个地方写到，当听到但丁和其他女郎打得火热的谣言后，Beatrice 曾一反常态，对他板起了脸不理不睬。这是嫉妒的表现吗？又或许只是单纯讨厌这个轻浮的诗人？她是否曾经一度觉察过但丁的爱火，为此烦恼抑或是暗喜？

在少年时代的那些青涩岁月中，我被这个几百年前的哀婉故事所深深打动，一直在想着这些没有答案的问题。不知不觉中，我将自己代入但丁的位置，仿佛回到了七百年前的佛罗伦萨古城，自从一度相遇后，一直追寻着 Beatrice 惊鸿一现的身影。

最为奇妙的是，对在一个内地县城中长大的我来说，生活在中古欧洲的 Beatrice 其实不太遥远，反而比同时代的女神们要近得多。那些同龄人常挂在嘴边和贴在床头的大明星：张曼玉、周慧敏、酒井法子、席琳·迪翁……我知道她们住在海外的大都市里，在全世界飞来飞去，永远是人们注意的焦点，过着一个小城少年无法想象的精彩生活。她们的美艳和才华令我仰望，但和我的世界几乎没有交集。

但丁的 Beatrice 却正相反，中世纪的佛罗伦萨是一座只有几万人的城镇，和我长大的内地县城正相仿佛；虽然有贵族和平民的区分，但青年男女在街头可以不时相遇，和学生之间的交往也很相似。至于那种因为封建体制压抑，而无法表白自己情感的氛围，20 世纪 90 年代内地中学里的同龄人就更容易体会了。

甚至 Beatrice 的身影也与我暗自倾慕的一位隔壁班的少女相重叠。我问自己：是她吗？不是她吗？一个平凡的中学暗恋故事，就这样和世界历史深处的不朽传奇相重合。

我不是说，那个时代和我们的时代没有多大区别，当然不可能。《新生》和《神曲》中展现了中古欧洲庞大森严的精神世界，这是我即使在今天也无法充分理解的。至于 Beatrice 的形象有多少神学和哲学的象征，也是学者们聚讼纷纭的难题。但我能感到，每一个精神世界都有共同的根源：人性最初的美好萌动。无论是东方还是西方，是名垂千古的大诗人，还是普通的小城少年。我相信，但丁和 Beatrice 在教堂祈祷时的四目相投，和我每天在课间体操时和那个女孩的擦肩而过，或许也不无相似。

像但丁一样，我终究没有和那个少女有任何亲密的交往；又和但丁不一样，我的青涩恋情很快褪去，无影无踪。但 Beatrice 并没有离我而去，她仍然眷顾着我，一个新世界的大门已经为我打开，关于爱与美的发现将会书写更多的篇章。

我常常想，或许真实的 Beatrice，并没有但丁描绘的那么绝世惊艳，或许只是一个普通的少女。而正是少年但丁的至高激情，让她成为了举世无双的 Beatrice。

但 Beatrice 又绝不平凡。可以说，欧洲的文艺复兴正是从 1283 年 12 月 31 日开始的，那一天，在中世纪阴郁的教堂之畔，白衣飘飘的她对少年但丁轻轻说了一句"你好"。有了那次街头的问候，才让但丁从神学书卷中抬起头来，有了对世俗生活和语言的热爱，有了《新生》和《神曲》，有了彼特拉克和蒙娜丽莎，有了后来的一切。

她是美好人性的萌芽和新生。而或许每一个少女，对爱恋她们的少年，亦都如是。

尽管但丁在对这段情史的描绘中已经小心翼翼地剔除了肉欲的成分，描绘成上帝之爱般的抽象。但在那最初的相逢中，仍然能感到有血有肉的激情爱欲，它并非高尚精神的对立面，却在政治与历史的风雨飘摇中呵护和滋养着它，令但丁在几十年后还有力量去构建精神世界的不朽史诗，只为与她再一次地相逢。

最后值得一提的是古斯塔夫·多雷为《神曲》做的古典版画，这也是我对 Beatrice 唯一的具象感知。尤其是 Beatrice 在天女的簇拥中，出现在地上乐园的那一幅画。她头戴花冠，温柔地凝视着书外的我，美得令人心醉，令人心碎。

迷幻史

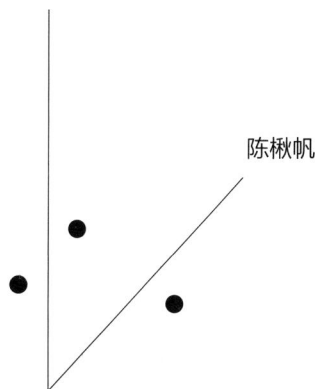

陈楸帆

陈楸帆

上海最世文化发展有限公司签约作者

我想，也许，这个世界上，没有人，能真正，好好说话。

已出版作品：《荒潮》《未来病史》

一

这真像场 bad trip，更糟的是，它不是。

一周前，我相信自己找到了绕开禁用药品名单的方法，这将是下一笔百万级的生意。新版本的转基因达米阿那（*damiana*）是一种合适的植物载体，中美洲灌木，闻起来像甘菊，没有大麻叶那种臭甜味儿，在显微镜下也看不出熊爪状绒毛。以合适的比例与其他几样成分混合，再以谷物酒精溶解、旋转分离沉淀物、干燥析出，便可以得到效果足以媲美麦角酰二乙胺（*LSD*）的新型合成物。

为了纪念关键成分的原产地，我把它命名为"龙眼"，一种令人迷醉的热带水果。虽然听起来不够诱人，可我告诉老板强森，口碑决定一切。

我没有亲自试验它，我不需要，好吧，我只是小小地闻了一下。

就像上帝之手用钥匙捅开你的脑门，轻轻一拧，咔嗒，你就知道，它是对的，无与伦比的正确。那些受体争先恐后地被激活，欣快感如潮水般冲刷着整个神经系统，不仅如此，所有的感官被串联在一起，你看见声音，你听到颜色，你触摸香味，你感觉自己无所不能，刀枪不入、飞天遁地。当然，如果你信以为真的话，下场通常不怎么体面。

这就是我的天赋，搅拌各种原料，烹调出正确的分子结构式。我得到了化学系的优秀毕业生证书，却没能在下滑的经济形势中求来一份工作。

通过 LinkedIn，强森找到我，开出一个价码，尽管对工作性质一无所知，我仍然无法拒绝，妈妈一直唠叨着 3 万块的助学贷款。

"干你擅长的。"强森告诉我。于是我开始在这家外表像废弃地下停车场的公司上班。我告诉妈妈，职位是"化学工程产品经理"，听起来体面又高级，以便她跟亲戚们吹嘘，尽管我们的产品只是香薰和浴盐。

我知恩图报，帮强森赚了大钱，他也没有亏待我，除了报酬，我享有极高的自由和决策权。事实证明，我总是对的。在这片竞争激烈的市场里，"强森"品牌的份额逐年提高。

如一贯的流程，"龙眼"被分装成 500 份 0.1 盎司小包装，发放到渠道终端，也就是各地协议超市及咖啡店进行市场测试，看看消费者反应。我对此充满信心。

事情发生的时候，我们正在强森的办公室里开香槟，庆祝他女儿考上了一所排名前 20 的私立大学，那意味着，高昂学费和远大前程。

"说说，你会送她什么礼物？一辆车？一盒避孕套？"众人七嘴八舌地起哄。

平日蛮横专断的强森此时竟温柔得像个小妞儿，只是醉心欣赏着女儿的毕业照。

"不如来一袋'龙眼'？"我打趣道，"绝对是个惊喜。"

"去你的，刘。"强森脸色一变，这个不合时宜的笑话戳到他的痛处。他一直对家里隐瞒真相，妻子女儿以为他只是一家日用化工厂的老板。"这不好笑。"

"面对现实吧，强森。这只是早晚的事，Youtube 和 Facebook 上到处是那玩意儿的视频教程和心得分享，就算不是'龙眼'，也会是'眩光'或者'加那利'。我保证'龙眼'比其他配方更安全，效果更棒。"我有点忘乎所以。

"听着，刘。"强森放下手里的酒杯，一脸严肃地对我说，"我不是所谓的道德相对主义者，我们的生意不违法，至少目前是。但现在谈论的是我的女儿，我希望她永远、永远不要沾上这玩意儿。明白吗？"

还没来得及等我表态，只听一声巨响，门被猛地撞开，一群手持自动武器的制服蒙面人冲进办公室，散点式将我们控制住。

"双膝着地，双手举过头顶，由于涉嫌违禁药品交易，你们将被逮捕接受调查，请配合行动以免造成人身伤害。"一个男声粗鲁地喊道。

强森跪下前看了我一眼，低低地说："你说那是安全的。"

我永远忘不了那眼神，那种遭到背叛的挫败感，那种深深的失望，如此熟悉。

"它是的。"我跪下，终于记起那种神情，它曾经出现在父亲的脸上，当得知我选择化学系的时候。

"长官，能看一眼你们的逮捕令吗？"不知哪来的胆量，也许为了在众人面前挽回些许颜面，我低头问了句，然后准备后脑挨上一闷棍。

"没有那种东西。"这回是女的，"我们不是禁毒署，也不是警察。"

我心中的恐惧随着这个回答变得黏稠不堪。

二

"这玩意儿是你发明的？"一袋"龙眼"被甩到桌上，审讯员面带凶相。

"……谈不上发明，就是……随便鼓捣……"

他似乎对我的文字游戏十分不屑，往桌面猛力一拍，我随之一颤。

"少来这套，狗崽子！你还不知道自己犯下了多大的罪过。"

"那么……告诉我。"我充满诚意地看着他。

他脸部肌肉一哆嗦，起身，高高举起拳头，阴影落在我脸上，我闭眼尽力往后缩，希望减少受力，可拳头没有落下。我睁开眼，那拳头被另一只纤细的手止住了。

"杰克，让我来。"是那个女的，她长着一张混血的面孔，兼具立体与细腻，鼻尖上的雀斑显得有些孩子气，拉丁式的惹火身材，如果说她几乎算得上是个美女，那我肯定是在说谎。那就是一个美女，货真价实。

"我叫萝拉。刘，你很聪明，不会让自己吃苦头的。我们只是想知道这玩意儿的配方是从哪儿搞到的。这很重要。"

"我最后再说一次，配方就在这里，这世上没有第二个人知道。"我指指自己的脑袋。

"就凭你那三流学位和垃圾实验室？"杰克插了一嘴，萝拉制止他，接起手机来电，她看着我，脸上现出惊讶的神色。

"你是刘约翰博士的儿子？"她的口气霎时变得不一样，"那就难怪了。"

"这跟我父亲有什么关系？"

"说来话长。真没想到刘博士的儿子竟然是个……"她及时打住。

"……毒品贩子。"杰克可没那么善良。

"嘿！你们凭什么评判我，我不是毒品贩子，而他只是个抛妻弃子的大学教员！"

萝拉靠近我，盯着我的眼睛，浅褐色的虹膜显得如此迷人，折射出灼人的光。

"你父亲是个伟大的人，你对他一无所知，正如你对 LSD 的无知。"

"那么，告诉我。"我毫无畏惧。

她欲言又止，这时手机急促响起，她接听，脸色陡然一变。

"又发现一例，马上出发，刘，你也来，这是你的发明衍生物。"

所有证据都表明，我的噩梦才刚刚开始。

三

我们驱车前往距离本地 40 公里的一所小镇幼儿园。萝拉告诉我，由于是特殊类别案件，当地警署只能保护现场而不能进入现场，曾经有过因处理不当而造成重大伤亡的前例。

他们罚没了货架上剩余的 478 包"龙眼"试用装，在第一例个案被发现后 12 小时内。然后借助店内的收款机记录、监控录像和信用卡信息，找到了尚未服用的 15 包，其中一个毒虫一人就买了 10 包，被荷枪队员控制住时，裤子都尿湿了。

还有 6 包浴盐下落不明，不，5 包。这个数字似乎在提醒我什么重要的事情。

他们用了一个复杂的词来形容服用"龙眼"后的现象，"蕈状化"。任凭我如何发问，他们只是冷冷回答，"到时候你就知道了。"

萝拉说："我不可能向一个嫌疑犯透露国家机密，就像我绝对不会告诉你上 MushroomTheory.com 一样。"

我打开手机，是一个私人博客，订阅量还不小。我随便点开一篇，语音助手 Siri 开始朗读。

揭开远古真相：蘑菇启示录

时间：2009 年 12 月 29 日

作者：西蒙·卡里格南博士

……猿人离开非洲丛林进入平原的时候，由于吃了长在牛粪上的裸盖菇，迷幻效应让他们的视觉更加敏锐，发出了第一个有意义的音符"哇"，从而加快了进化过程……

……宗教起源于史前时代的致幻蘑菇崇拜，古希腊厄琉息斯秘仪（Eleusis）实际上是致幻蘑菇的盛宴，英国巨石柱前举行的德鲁伊教仪式上同样要吃致幻蘑菇，印度古经《梨俱吠陀》中提到的神圣爬行者苏摩，它的汗液是一种兴奋剂，苏摩便是致幻蘑菇的化身。甚至，耶稣在最后的晚餐中给信徒们吃的，也不仅仅是面包和葡萄酒……

"这哥们儿嗑了什么药？"我质疑道。

"事实上，他是马里兰州一名退休教授。"萝拉回答。

"哈，伪装成公共知识分子的异教徒，更可怕。你确定是这个网站没错？"萝拉不吭声，我只好继续听。

    ……2006 年 7 月，美国约翰·斯霍普金斯医学研究院发表了一项试验结果，认为致幻蘑菇中的有效成分裸盖菇碱能引起宗教体验，给试验对象带来的满足感可持续两个月之久。科学家们只看到了表面现象，真正带来宗教体验的并非裸盖菇碱，而是它在人类意识中打开的通往另一维度的大门，那里存在着神灵般的生命形式，能够开启人类智慧，带来宛如显圣般的美好体验，但也可能是极端痛苦、恐惧、邪恶的噩梦之旅……

听到这里，萝拉握着方向盘的双手瞬间僵硬，车身不自然地摆动了一下。

"你是认真的？"我虽然是个怀疑论者，可没到这么离谱的地步。"政府还让这博客开着妖言惑众？"

"阴谋是这个国家的别名，每个人都有自己一套理论，谁又肯相信谁。何况，咱们可是个民主自由的国家，不是吗？"萝拉语带讥讽。

我一点也不买她的账。

    ……这些迷幻生命从史前时期就开始了对人类意识的争夺，但天然裸盖菇碱的效力有限，跨维通道往往极其短暂且不稳定，它们采取了思想遗产的方法，让一个念头像 DNA 一样扎根在人类思维深处，并不断蔓延扩散开去。历经世代，跨越山川、沙漠、森林和海洋，最终到达它们的终极目的地。

　　我不知道它们的最终目的何在，但其中必要的一环便是发明强效稳定的致幻药物，并把它扩散到全人类，这样它们便有了方便来往的通道，甚至，永久性侵入。LSD 显然是这种理想药物的雏形，许多名流在无意识中成为受控的传播工具，蒂莫西·利里、甲壳虫、艾伦·金斯堡、威廉·希区柯克、艾伯特·霍夫曼……这个名单几乎可以无穷无尽地列下去，直到冷战的第三阶段……

　　车子一个急停，我猛地往前一冲，脑袋撞到车窗玻璃，又被安全带弹了回来。我正想骂街，却被眼前的景象惊呆了。

　　几十个赤身裸体的孩子从一间屋子里冲出，不停地抓挠着自己，在马路上号啕大哭，有的干脆躺在地上一动不动。如果不是他们扭曲的表情，我会以为自己来到了伊甸园之类的天体俱乐部。

　　"紧急呼叫当地医疗机构及心理干预组织。"萝拉发令，然后下车，掏出手枪，慢慢地靠近门口。

　　我跟在她背后，往门内瞄了一眼，地上到处都是小孩衣服，却没有暴力痕迹。

"是他们自己脱下来的？"我疑惑。

"如果你感觉浑身爬满了蛆虫，还正往皮肉里钻，你也会这么干的。"萝拉冷冷回了我一句，向队员们喊道，"三级感染！"

队员们齐刷刷戴上面具，端起武器，训练有素地包围这所幼儿园的所有出口。

"是……艾玛老师……"报警的老妇人脸色煞白，扶着墙对我们说，话音未落已直接瘫软在地。

"幼儿园老师也嗑药，这是什么世道。"我的病态幽默又发作了。

萝拉恶狠狠瞪了我一眼，丢给我一副面罩，往门里大步迈去。

教室里一片安静，黑板上写着今天的主题：海洋生物。书包、课本、文具整齐地摆放着，白纸散落在地，色彩鲜艳、形状稚拙的海星、海葵、海豚……就像是课间休息时间。餐厅空空荡荡，墙上贴着教师和孩子的合影，艾玛·斯通年轻漂亮，一脸加州阳光，走廊尽头可以直接看到院子里，秋千在阳光中晃动，沙坑里还残留着建筑了一半的宫殿和城墙，一派秋日宜人景象。

可就是有什么东西越来越不对劲。

萝拉朝玩具室里探了一眼，身体顿时僵住，她缓慢地举起手，示意我们放慢步伐，小心跟进。

艾玛老师就站在房间正中，各种玩具胡乱堆放在周围，阳光从天窗投下来，照在她身上，明晃晃的，就好像是玩具王国的一尊神像。她垂着脸，淡金色头发披散开来，脸色苍白，嘴角还带着白沫。我终于知道什么不对劲了，一股浓烈的尿臊味弥散在空气里，源头是老师脚下的那摊不明液体。

"艾玛，没事的，一切都会好起来的。"萝拉柔声唤着，边移动脚步边靠近。

艾玛老师咯咯笑了起来，她的身体怪异地抖动着，仿佛一具发条人偶。我在许多嗑药嗑 high 了的烟鬼身上见过那种无法自控、肌肉痉挛般的笑，但不像这个，她似乎整个躯体都跟着那笑声共振着，以至于边缘模糊起来。

我怀疑是否因为面罩的缘故产生错觉，但不是，她的头部轮廓在快速的震颤中变得模糊。突然，像是声带撕裂，笑声一下劈高了数个八度，如一根粉笔快速划过玻璃，我的脑子仿佛被根长针扎了一下，头皮发麻，所有人都捂着脑袋哆嗦了一下。

"注意！"萝拉大喊一声。"蕈状化！"

也许其他人都做好了心理准备，可我对这个词一无所知，只是眼睁睁看着艾玛老师那颗美丽的头颅如同加热的爆米花锡纸袋般膨胀起来，她的皮肤变得不透明，呈现出软木般的质地，无数的瘤状物争先恐后地浮现、膨大、破裂、凋谢，她雪白的脖颈以上已不成人形，比例失调地开出一顶硕大的伞状物，细密的菌丝黏着复杂的褶皱，像是无数的腮在一张一翕，连打在上面的阳光都随之产生微妙的折射，如同海市蜃楼般超乎现实。一株畸形的人形蘑菇。

我努力忍住从胃部往上翻滚的酸水。

"泰瑟枪！"随着萝拉一声令下，两根带着 5 万伏高压的电极射向艾玛，若是一般人，瞬间便会痉挛休克，丧失所有活动能力，可她只是抖了抖，单手抓住导线一扯，持枪队员便被带翻在地，猛撞到墙角。

一股无形的压迫感瞬间将我包裹，那是充满了黑暗、冰冷与恐惧的邪恶力场，如果没有面罩的防护，或许我早已丧失理智。我曾经见过同时服用类似 LSD 药物的两个人，彼此的精神状态会互相影响融合，甚至感知对方的幻觉，但远远没有这么强大。

这究竟是什么鬼东西。

几名队员端起机枪准备射击，"等等！"萝拉制止他们，拔出注射器朝艾玛走去，看来她还不打算放弃这条生命。

"很快就会好的，很快。"她谨慎地走近，深吸一口气，突然将注射器向艾玛颈部静脉猛力刺去。

但她没有一点机会。

艾玛以非人的速度甩出左臂，那手像是抽掉了骨头和关节，柔软地缠住萝拉握着注射器的右腕，而后又一把攥住她的咽喉，力量惊人。萝拉整个身体被提到半空，脸色赤红，喉咙中发出气流和液体混合撞击的声响，却吐不出半个音节。

队员们举起枪，却不敢扣动扳机，因为他们的队长萝拉，此时已经变成一面人肉盾牌。

干！我在心里咒骂道。这不是龙眼的副作用，绝对不是。

可我无法说服自己。

我摘下面罩，向那具蘑菇走去，一股冰冷的恶臭骤时侵入五脏六腑，让我全身毛孔猛地一缩，心跳失速。脚下滚过萝拉的注射器，我没有捡，没用，一点用也没有。我在离她两米远的位置停住，萝拉在我左上方痛苦挣扎着，动作幅度越来越小。

"艾玛，我知道你很难受，但请你集中注意力听我说。"

无声的怒吼把我掀翻在地，如同坠入无间地狱，我感觉自己被烈火炙烤，被亿万钢针扎遍全身，腹内有无数利爪撕扯着我的脏器。我蜷缩在地，看着自己的皮肤溃烂，肌肉融化，露出森森白骨，骨头上的孔隙又钻出无穷无尽的怪虫，把我吞没。

"艾玛！这不是真正的你！还记得汤米吗！"

瞬间，似乎一切都缓和了下来，我捕捉到那片刻闪过的恐惧和迟疑，但只是数秒，随即更加猛烈的幻觉攻击将我的意识压垮。

"还记得……汤米的生日派对吗，还记得他的心愿吗……"我脸紧贴着地板，困难地喘息着，用尽全身力气吐出每一个字。我脑海里构想着那幅温馨的画面，同时拼命去捕捉刚才一闪而过的意识碎片，那是即将被恶魔吞噬的艾玛老师虚弱的灵魂。

我的四肢被向后扳起，像一张被翻转在地的四脚凳，每个关节和脊柱都已经到达受力的极限，即将破裂，我完了。刘，你活该。

"……汤米，汤米只是想成为，咳咳……像你一样……咳……善良的人……"这是我最后的赌注。

突然间，所有超自然的力量消失了，我的四肢像面条一样软塌塌地弹回地面，萝拉从半空落下，面无血色。那具人形蘑菇在我视野中重又变得模糊，然后，枪声从背后如鼓点般响起，震耳欲聋，一片黑暗将我彻底吞没。

四

"刘。醒醒。"……那似乎是父亲的声音，我是在地狱里吗？

"醒醒。"那嗓音逐渐变得尖细，化成一束女声。

"刘，醒醒。"眼前的面孔由模糊变得清晰，是萝拉，白皙的脖子上带着一圈红印，仿佛在证明发生的一切都不是噩梦。

我挣扎着起身，一阵剧痛让我无法控制地大叫一声，就像刚被四名彪形大汉强暴过。"我在哪儿？"

"医院。很抱歉，你该好好休息的，可我们还有下落不明的'龙眼'。"

"你还好吧。"

"万幸的是你的发明只是三级禁药，这个级别的附体力量还没到一击毙命的地步。"萝拉顿了一下，突然用我所不习惯的温柔语气说，"谢谢你。我听他们描述了整个过程，太不可思议了，只靠嘴上功夫就打败了蕈状化的人体……我的意思是，谢谢你。"

"别忘了我可是毒品贩子，对于毒虫我再了解不过了。"

她尴尬地笑了笑，似乎想起了什么，"你是怎么知道汤米的？"

"餐厅墙上的照片，记得吗？上面都圈着名字呢。"

"明白了，可你怎么知道他的生日愿望？"

"我瞎编的。"

"噢……"萝拉摸着脖子，似乎在想，能捡回这条命完全是撞了狗屎运。

我们俩同时陷入沉默，片刻，我突然想起了艾玛。

"艾玛怎么样了。"

萝拉垂下眼帘，"……在那种情况下，我们已经尽了最大努力。"

我的眼前浮现出那张照片，年轻漂亮的艾玛·斯通正鼓起腮帮子，和汤米一起吹灭生日蛋糕上的蜡烛。然后，丑陋无比的人形蘑菇一闪而过。而这一切，都是因为我。

"告诉我一些关于我父亲的事情。"我低声说。

我所了解的父亲，二战爆发后不久随家人从中国来到美国，早年曾经在军队担任医疗顾问，冷战结束后退役，当过一段时间的药物销售代表，后来在一家公立社区大学里谋了个教职，教生理健康课程。在我印象中，七岁之后便很少与他面对面地交流，大多是在餐桌上的只言片语或是训话，他总是很忙，有时甚至会一两个月见不着人，虽然也不知道他在忙些什么。他在家里的化学医药类藏书成了我的启蒙老师，选择化学专业多半归结于此，当然，那时候我对未来的职业道路一无所知。

在我上大一那年，有一天接到家里的电话，母亲冷静地告诉我，父亲因急性心肌梗死去世了，已经下葬，我并没有见到他最后一面。后来从邻居嘴里我才知道，父亲因服用药物过量，死在社区大学的地下实验室里，被发现的时候，尸体已经腐烂得面目全非。

许多时候我会想，如果出生在一个单亲家庭里，会不会更好一些。

"我并没有跟他真正共事过，他离开组织的时候，我还没加入，许多事情，我也是听老一辈人转述的。"萝拉抱歉地笑笑。

"等等，你是说组织？"

"是的，你父亲是这个组织的元老之一，早在冷战时期就成立了，当时还是附庸于中情局的一个分支研究机构，名字也不叫PPP。"

"PPP？"

"显灵位面防卫署（*Office of Psychedelic Planes Protection*），简称3P。闭嘴，不许笑！"萝拉怒视我下流的表情。"一般人会把Psychedelic误解为致幻剂，其实它由两个希腊语词根组成，分别代表'心灵'和'显示'。"

我表示完全没有概念。

"我一直以为他在军队里就是个普通药剂师。他从来没有提起过。"

"国家机密。刘博士曾经拯救世界于毁灭边缘。两次。"萝拉假装把嘴唇拉上拉链。"蘑菇理论网站里有提及，可信度百分之八十。我想，任何父母都不希望把自己孩子牵扯进噩梦，哪怕那就是世界的真相。"

"说起孩子，那些幼儿园的小孩怎么办，会留下心理阴影吗？"

"我们有药片。"她一副经验老到的样子。

说话间，杰克进来了，当胸给了我一拳，我差点没疼晕过去。"好样的，狗崽子！哦……对不起，我忘记你受伤了。嘿嘿。"

"剩下5包'龙眼'查到了吗？"

"所有渠道都摸遍了，像是人间蒸发一样。"杰克耸耸肩。

孩子。药片。似乎什么重要的事情从我脑海里一闪而过。孩子。

我突然一个翻身滚到地板上，甚至顾不得浑身伤痛，开始把鞋往脚上套。

"我想起来那5包'龙眼'在哪儿了。"我真不希望说出那个答案。

"在哪儿？"萝拉和杰克异口同声地追问。

"我……我把它寄给强森的女儿了。"

从眼神里我能看出，他俩恨不得立马找四个彪形大汉把我强暴一顿。

五

我们出动了所有能动员的力量，家人同学寻访、手机定位、街头监控录像、4Square记录，所知的就是强森的女儿丽莎昨夜与同学赴一个毕业派对，至于地点、人物一无所获。

这就是民主制家庭的坏处。

后来还是Facebook上的一条留言泄露了天机，有人说"去D.C.记得多带点防潮垫，二楼水管漏水"。我们顺藤摸瓜找到了留言的同学，他哆嗦着招了供，是附近一栋空置已久的别墅，由于金融危机断了供，被银行收回后就一直没卖出去，荒在地里，成为他们私下聚会派对的场所。

车子在萧条的夜间公路上疾驰，偶尔路边会有动物的黑影一闪而过，制造出几分阴森气氛。

"你脑子里到底在他 × 想些什么？"杰克指的是我冒充强森给他女儿寄"龙眼"的事情。

"毕业嘛，成年人了嘛，庆祝一下，没什么不对啊。"我心虚地辩解道，其实初衷只是个恶作剧。

萝拉"哧"了一声，我不吭气了，眼前闪过强森失望的眼神。

车子在别墅门前停下，灯亮着，但却完全没有派对上的吵闹音乐。我的胃部一阵抽搐，或许已经太迟了。

"你们一定要救她。"我盯着队员们手里的枪，严肃得连自己都不适应。

"尽力。"萝拉没有持枪，她拔出注射器。

一般来说，LSD 产生的幻觉可以用硫酸钠或口服水合氯醛作为解药，但对于这种极端状况，我真的没有信心。

"如果不阻止蕈状化，会有什么后果。"我抓住她的手。

"老实说，我不知道。"萝拉轻轻把手抽回。"这取决于跨维通道的稳定度，蕈状化是意识排异的结果，一种可能是两败俱伤，另一种可能，两者意识互相融合，附体完成。但无论哪一种，她都不再是她。"

我们穿过无声的前院，门没有锁，温暖的灯光从门窗中透出，我们

推门，客厅里没有人，家具上蒙着白布，许久没有打扫过的样子，一些
空酒瓶胡乱堆在地板上，空气里有烟味，纸牌四处散落，厨房里有没吃
完的外卖比萨，粘着残渣的纸碟贴在水槽里。我在洗手间里找到了"龙
眼"，三袋没有拆封，一袋剩了一半，另一袋是空的。所有的灯都亮着，
窗户都关着，像一场被临时打断的派对。

一阵高亢的福音吟唱突然响起，所有人都被吓了一大跳。音乐来自
二楼，我听出来那是平克·弗洛伊德的《空中的巨大旋转物》。这可不
像时下中学生的口味。

萝拉做了个手势，一半人留下待命，一半人上楼，我自然紧跟着她。

木质楼梯发出吱呀怪响，二楼有三间卧室，门都关着，音乐从最里
的一间传出。为了保险起见，我们逐一检查，两人端好武器紧靠门侧，
一人踢开门，迅速向四面扫描，两间都是空的。

我们缓慢地向走廊尽头逼近，那音乐愈加大声，队员蹲好位置，打
了个手势，萝拉轻拧把手，门开了，我似乎听到她加速的心跳声。里面
一片漆黑，萝拉在门侧墙上摸索着，灯亮了。

空无一人，只有便携式音响在书桌上嘶吼着。

"不在这里。"杰克松了一口气。

我们正想转身离开，萝拉却蹲下，研究起地上的一摊水渍，她抬头
寻找漏水的来源，突然脸色大变，跌坐在地。我顺着她视线看去，不禁

倒吸了一口冷气，干，这又是什么鬼东西。

只见房间挑高的天花板上，倒吊着一个巨型海星状的物体，仔细一看，那海星的每个腕足都是一具人类躯体，而这五个人的脑袋已经被一团棕褐色的真菌所包裹，联结成放射性对称的轴心。它就像一顶达达主义的吊灯，人类的下肢以不可思议的力量抓住天花板，灯光穿过那团海藻般的菌丝，透出迷离而诡异的褐色光线。

我不知道哪个是强森的女儿，也许，哪个都已经不是了。

"干！头儿，我们该怎么办！"杰克举着枪，束手无策地看着萝拉。

"照常，泰瑟枪！"

在电极击中人肉海星的同时，音响中的平克·弗洛伊德声线开始扭曲，最后变为尖厉的回输啸叫，我们不得不捂住耳朵，迷幻力场启动了。那怪物溅出几朵火花，然后是白烟，似乎一点效果都没有，但只是瞬间，它动了起来，以人类无法理解的速度和方式。那些人形腕足配合得如此默契，几乎像一只真正的节肢动物般在天花板和墙壁间灵活攀爬着。

这回手持泰瑟枪的队员学乖了，他卸下电极导线，任由它们随着海星在半空中如触须般来回晃动。

"照常，没用。"我故意说给萝拉听。

她瞪了我一眼，拔出注射器，全神贯注地随着那海星快速地移动着脚步。她试探性地跳了几下，突然发力，脚踏着墙壁往上一蹬，正好捞住其中一条人体腕足，她往大腿根部静脉狠命扎去，随即被巨大的力量弹飞到另一堵墙上。

事后我才知道，之所以不用注射枪，是因为蕈状化人体的肌肉强直反应，必须是训练有素的人才能找到准确的注射部位。

平克·弗洛伊德狂啸起来，像是一阵突如其来的冰雹，寒冷与疼痛从顶上劈头盖脸地砸下来，空气变得稀薄，有一根无形的绳索勒在我的脖颈间，不断收紧，我开始猛烈地咳嗽起来，杰克甩给我面罩，我忙不迭戴上，长长地吸进一口氧气。

海星的步伐变得奇怪，似乎协调性出现了问题，它摇摇晃晃地攀爬了两圈，只听一声巨响，其中一条腕足脱落下来，重重摔落在地。那人的头部菌丝逐渐散开，是个面色惨白毫无知觉的男孩。

"起作用了！"我欣喜地喊着，暗自庆幸他们只用了一袋半的"龙眼"。

四足海星迅速调整了姿态，现在它变成了十字形对称，这意味着运动方向的自由度减小，不再如之前那么灵活。

萝拉稍事休整，又矫健地跃起，如法炮制，很快，又掉下来一个男孩和一个女孩，其中没有强森的女儿。海星现在已变成了一字形的两足形态，只能左右移动，十分被动。它似乎明白了自己的处境，躲在三面墙交汇的角落里，萝拉的弹跳力无法企及那样的高度。

"杰克！"她一声令下，杰克心有灵犀地半蹲下，大腿与肩膀形成两级阶梯，萝拉拾级而上，奋力一跃，抓住了其中一个人的髋关节，挂在了半空中。

怪物猛烈地扭动，在天花板与墙壁间不知疲倦地攀爬，它甚至将人体头部的连接处作为旋转轴，疯狂地甩开双足，试图把萝拉甩下去。萝拉双手紧抱着那具身体，像个斗牛的骑士，不断地被甩到墙壁、天花板上，发出令人毛骨悚然的巨响。就当眼看要被彻底甩出去之时，她却借力一跃，飞到另一条腕足上，采用了一个摔跤里的锁定技，牢牢把自己粘在上面。她从后腰拔出注射器，刺了下去。

没过多久，三个人一齐摔了下来。平克·弗洛伊德的歌声恢复了正常，这回是1994年的《分裂钟声》。

我拨开丽莎脸上的菌丝，摇晃她，呼唤她，可她就像个睡美人一样，毫无反应。

"没用的。"萝拉摘下面罩，她已经完全汗透了，"一半概率会成为植物人，即使经过长期治疗恢复意识，她的记忆也会遭受严重损伤。"

"那这一切又有什么意义！"我绝望了，这辈子恐怕都无法再面对强森。

"生命。"她扛起一个女孩，"不止是你老板的女儿，这里的每一条生命，还有外面更多的生命。

"全都因为你的愚蠢，或者说，天才。"

萝拉冷冷地抛下这句话，离开了房间。

六

联邦政府困境：疲于奔命

时间：2010 年 2 月 16 日

作者：西蒙·卡里格南博士

美国宪法第三十一条修正案

[1998 年 12 月 21 日提出，2002 年 3 月 16 日批准]

　　第一款　本条批准一年后，禁止在合众国及其管辖下的一切领土内制造、出售和运送作为个人消费的精神药物★；禁止此类药品输入或输出合众国及其管辖下的一切领土。

　　第二款　国会和各州都有权以适当立法实施本条。

　　★精神药物系指联合国《1971 年精神药物公约》附表一、二、三或四所列的任何天然或合成物质或任何天然材料，同样包括美利坚合众国《受控物质法》附表 I、II、III、IV 或 V 所列的任何受控物质。

  ……马萨诸塞州大屠杀推动了第三十一条修正案的通过，之前三年由于大医药公司和利益集团的阻挠，立法一直陷入僵局。但即便如此，药监局和禁毒署仍然无力对抗年销售额高达数千亿美元的合成毒品市场。

  追逐永无止境。大多数设计师级毒品生产成本低廉，市场推广力度大，游走于法律边缘，而实验室检测手段却昂贵而稀缺，甚至连缉毒犬都无法识别其气味。当立法者取缔一些合成物后，制造商和包装商就会创造或找到新的变种，他们浏览医学期刊，建立专门的互联网讨论组，从国外的实验室进口合法成品。

  巨大的利益驱动下，新型合成毒品源源不断地被开发出来，流向市场，其迭代速度甚至可与手机病毒相媲美。而政府所能做的，仅仅是频繁刷新受控物质清单，哪怕只是徒劳，哪怕他们知道这背后的终极风险——人类文明的毁灭……

我再也不用担心面对强森那满脸横肉了。

在他女儿得救后的那天深夜，在他那辆老式沃尔沃里，强森从排气口接了条软管通进车窗，发动引擎，然后他便睡着了，一氧化碳充满了他的肺泡，融入血液，夺走氧气。他的尸体被清洁工发现时，已经是第二天清晨。

他不是因为女儿而自杀的。事实上，取保候审之后他就一直没有回过家。他的手机还开着，显示拨过家里和女儿的号码，或许只是想最后听一听女儿的声音。他是因为女儿而自杀的。他害怕她得知真相，尽管那已经不再重要。

强森把遗产分成三份，大部分给了妻子女儿，一部分捐给一家青少年药物成瘾帮助基金会，剩下的钱给了我。在遗嘱里他称我为"才华横溢、前途无量的年轻人"。

一个害得他家破人亡的年轻人，一个永远没有机会说抱歉的年轻人。

我把钱全给了他家里，希望他女儿能早日苏醒，恢复心智。我会每年到他墓前，捎上强森心爱的墨西哥仙人掌、河蟾蜍、树皮或夏威夷小玫瑰种子，希望他在那边，无论天堂还是地狱，都能享受快乐飞行。

我再一次失业了。我不知道我的人生将会走向何方，但毫无疑问，它已经被彻底改变了。

在医院特护病房的最后一天，萝拉出现了，她似乎对我的恢复能力表示满意。

"看起来气色不错嘛。"

"托你的福，明天就可以出院了。"

"接下来有什么打算？"

"不知道，这件事可能会困扰我一段时间。我还是没法相信那是真的，有些地方不合逻辑。"

"哪部分？"她眉毛一挑，像突然来了兴致，真他 × 的好看。

"如果像那网站所说，迷幻怪物是为了制造尽量多而稳定的通道，来达到繁衍扩张的目的，那它们为何会对宿主造成如此大的伤害，甚至致命，即使是病毒也不会犯如此愚蠢的错误。"

"你很敏锐。"萝拉微微一笑，似乎很高兴我提出了这个问题。"从生物进化角度看，你的论点无疑是对的，杀伤性过强的病毒会因宿主迅速死亡而没能得到传播的机会，逐渐被削弱淘汰，它们遵循整体尺度上的生物本能和自然规律。而这些鬼东西，它们具备自我意识和智慧，甚至个性，我们无法预测它们的个体行为。它们也分等级，能量等级越高，越难以跨越维度屏障，智力行为更加复杂。

"作为三级药物引入的灵魔，我们这么叫它，自私、贪婪、不计成本，只为最大程度占有宿主。"她补充道，"就像人类。"

我撇撇嘴，这个比方很妙。"所以还有更牛 × 的大佬在后头？"

"别尿裤子。"萝拉突然变得忧心忡忡，"你不会想知道的，那天也许不会太远了。"

"我以为这是绝密消息。"

"没错。"她变魔术般掏出一颗粉色药丸，"这也是我来找你的目的。"

"我本来还想约你出去吃个饭什么的。"

"吞下它之后，你甚至不会记得你的工作是怎么丢的。"

强森、丽莎和艾玛的面孔从眼前一闪而过，我的心沉了下来。从某种角度看，我的确需要这颗药丸，可就这么把罪疚一笔勾销，未免对他们太不公平。

"没有别的选择吗？有些事情我不能忘记，尽管我希望那些从没发生过。"我认真地看着她的眼睛。

萝拉深深叹了一口气，似乎早有预料。

"我不希望把你卷进来，就像你看到的，这随时会有生命危险，一旦进来，即使退出，噩梦也会纠缠你一辈子。尽管……我们需要你，你的经验、你的知识、你的应变能力……"

"……还有我死鬼老爸的遗传。"我帮她补充道。

"事实上——"萝拉瞪大了眼睛，"你父亲还没死，至少，不是医学严格定义上的死亡。"

这回轮到我瞪大眼睛了，"你还有什么没告诉我的？"

"保密。"她把药丸放在我手里，嫣然一笑，转身离开，"除非你通过 3P 的招聘测试。"

我端详着那颗在灯光下微微折射虹彩的粉色药丸，它似乎预示着，我的旅程才刚刚开始。

所罗门的钥匙

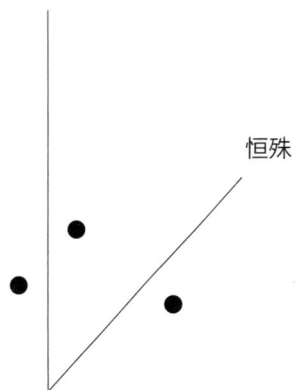

恒殊

恒殊

上海最世文化发展有限公司

我不想变成吸血鬼，因为我不愿放弃亲吻镜子的乐趣。

已出版作品：《天鹅·光源》《天鹅·闪耀》《天鹅·余辉》《天鹅·永夜》《天鹅·晨星》

《十字弓·玫瑰之刃》《十字弓·背叛者月》《十字弓·亡者归来》

万圣节前夜，坎特伯雷中央医院。

茱莉坐在医院门口的台阶上，身后的门是锁着的。奎因在门里面。

10 月底的天已经很凉了，风在夜色里呜咽着。茱莉用厚厚的披肩把自己裹得又紧了一点。还是冷。太平间一定更冷吧，她想。奎因已经进去半个小时了。

借着不远处路灯的微光，她低头看自己手中那张被捏得皱巴巴的《坎特伯雷日报》。尽管之前她已经看过无数次了。

头版头条印着"万圣节前夜，吸血鬼出没"几个硕大的黑体字，透出一股荒谬的意味，让人误以为是地方小报的无聊噱头，但下面却有一张可怕至极的照片，几乎占据了半幅版面。照片上男孩瘦弱的身体像漏了气的充气玩具，软软地倒在高速路的一边，仔细看过去，那些黑色的血液似乎还在汩汩地从他被折断的脖子里冒出来。

照片下附有一行小字：

菲利普·乔·多蒙，男，1988 年 3 月 28 日生于法国里昂，2009 年 10 月 31 日死于坎特伯雷。

3 月 19 日，雨。

……昨天晚上我睡不着。我向护士要了安眠药。我确信她给我

注射的剂量足以毒死一头牛。他们一直把我当怪物，不是吗？他们
强制把我关进封闭的隔离病房里，可是在我换衣服的时候，那些护
士们从窗户偷偷地看我，我都知道。真可笑。不过她们都很可爱，
我尤其喜欢那个圆脸梳两条辫子的姑娘，如果我能从这里出去，我
就去和她约会。

3 月 21 日，雨。

他们说我疯了，我知道我没有。我只是很讨厌他们用脏手碰
我。那些消毒水的味道让我恶心，那些食物也让我想吐。他们把我
绑在病床上，每天都给我注射大量的镇静剂和麻醉剂，但是在夜里
我仍然睡不着。我想知道自己究竟是怎么了。

"你在看什么？"一束手电筒的光芒突然照过来，茱莉被晃得睁不开
眼睛。一只手拍上她的肩膀，"发现什么了？"罗尼的声音。

"没什么，似乎是本日记。"茱莉抬头，借着罗尼和自己的手电筒的
光亮，打量着这个房间。

在坎特伯雷郊区，如果沿 M20 公路一直往西，路边是没有住宅区
的，只有大片大片的田野，有些种了庄稼，有些则是整片整片的荒地。

两个月以前，当他们沿着那条杂草丛生的小路开进一望无际的荒郊，茱莉本能地有些害怕，但是菲尔、罗尼还有丹都在自己身边——菲尔很聪明，这个带着吉卜赛血统的法国男孩，天下就没有他害怕的事，也没有他撬不开的门。每当茱莉想到这里，她就很庆幸对方是自己的朋友。而罗尼和丹都是运动型的大块头男生，打架绝对不会输。那么自己还有什么可怕的？何况当菲尔提到这个三十年前就废弃了的精神病院的时候，茱莉自问可是比谁都兴奋。

根据菲尔的情报，这家精神病院在三十年前突然关闭，谁都不知道为什么。他们去做了一点调查，最后丹找到一个当初在医院里工作过的护士。这个老太太长着一双混浊的绿色眼睛，当丹开口询问的时候，她却死活不承认自己曾在医院工作过。丹悻悻离去，临走时发现老太太的右手似乎有点残疾。回去之后，丹把他的发现告诉伙伴们，于是更加坚定了茱莉他们要去医院"调查"的决心。

坎特伯雷的秋天似乎比哪里来得都早。当茱莉一行人下课后开车过来，每个人都感到了一阵凉意。罗尼车技一流，相传他可以用三十五分钟开车到伦敦，虽然每个人都不相信，但这并不能掩盖他车技的高超。从学校出来，大概只过了一刻钟，他们就看到了那片田野。

田野里只有一条小路，仅容一辆车通行。茱莉看着地面上大把大把细长的花茎和叶子——上面依旧有些微的紫色花蕾。她想象夏天这里漫山遍野的薰衣草。那一定很美，她想，可惜这里是完全不通车的荒郊，这么好的景致竟然无人欣赏。

车子继续缓慢地往前开，杂草越来越高，争先恐后地抚摸车窗，像溺死在池塘里的人的手臂。时间一分一秒过去，天色渐渐暗了。

横在路中间的木质栅栏挡住了去路。借着微弱的天光，茱莉读上面的字。

"此路不通"。

"你确定是这里？"开车的罗尼皱起眉头，转向菲尔和丹。

菲尔显然也有点蒙了，"我们下去看看再说。"

茱莉和罗尼坐在车里不安地等待，等到天色几乎黑下来，月亮也挂起一半的时候，菲尔和丹两人终于一脸兴奋地回来了。"医院就在前面，我们找到了。"

罗尼锁车。茱莉在丹的帮助下艰难地翻过高高的护栏——她庆幸自己没有穿裙子。一行人继续在半人高的杂草中穿行。每个人都带了手电筒，而天色似乎也没有想象中暗。几分钟后视野逐渐开阔，他们看到了一片大得惊人的纯白色建筑。

正对面是一排宽敞的平房，应该是医院的接待处。后面是几座低矮错落的白楼，可能是病房。再往后是一大片楼房，有十几座之多，估计是医院工作人员的住宅区。有虫子在草丛里叫，高一声低一声的，所有的建筑物内部一片漆黑。这么一大片房子，没有人，一个人都没有。

菲尔首先撬开了接待处的大门。因为所有的窗户都已经被打破了，推开门的时候，尘土和腐朽的味道倒没有那么不堪忍受。不时有鸟类突然掠起，翅膀带过的风吓得茱莉攥紧了同伴的胳膊——后来才知道不过是只莽撞的鸽子，之后再有类似经历，大家也就释然了。乌鸦和鸽子在四下筑巢，遍地都是鸟类的粪便。覆满尘土的地面上偶现一长串交错的梅花足印，明显是小型兽类走过的痕迹。

医院大得像个迷宫。靠近窗边的地方还有微弱的天光，可以看到大片大片剥落的墙皮和斑驳的墙壁，越往楼里走就越是一片漆黑。卫生间里没有水，马桶也被砸坏了，墙壁上贴着被扯得支离破碎的海报，依稀辨认出是三十年前流行的加菲猫和披头士。他们还找到了一个冰箱。丹费了好大劲才把生锈的冰箱门打开，里面竟然有一盘食物。早已看不出是什么，只剩下一盘灰色的粉末，当丹试图把它端出来的时候，堆得高高的灰色粉末突然倒塌，"噗"的一声轻响，然后摊撒在盘子里。空气里蒸腾着灰色的颗粒，丹急忙屏住呼吸。

"不会有毒吧？"菲尔咂咂嘴，似乎在品尝空气里残余颗粒的味道。

这家伙似乎真的什么都不怕。

"就算有毒，三十年后也失效了。"罗尼安慰似的拍了拍丹的肩膀。

茱莉倒是很好奇那盘食物到底是什么，但是大家都走了，她也只好跟着出去。四支手电筒的光亮在漆黑的楼道里纵横交错，有墙灰在光与光的交汇处脱落，就好像被光的透明手指突然揭下来一样，落在地上簌簌作响。那些粉末呈现出一种骨灰状的惨白色，大片剥落的墙皮像风里飘摇的褪了色的叶子。

接待处的后门对着一片森林。不，当然不是森林，他们把手电筒的光全都聚集起来以后才发现，后面那些白楼的中间还有座很大的房子。那是个温室。但是疯狂的植物早已经突破了高高的围墙，它们蜂拥着从破碎的窗子里探出头来，一簇接一簇的，所有的枝叶都连在一起，分不清谁是谁的，共同把这里编织成硕大的与世隔绝的网，网里是它们自己的世界。茱莉试图用手电穿过门上的碎玻璃照进去，但是里面黑魆魆一片，什么也看不见。疯狂的枝叶密不透风，在遍地污秽的墙灰和腐朽的尘土味道里，她突然想起了睡美人的城堡。

3 月 22 日，雨。

听说那个娃娃脸的女孩辞职了。我发誓我不是故意的。她只是太可爱了，看起来很好吃的样子，所以我咬了她一口。她的血很甜。但是我被她的尖叫吓到了，我看到她的绿眼睛里充满惊恐——和那个人同样的绿色。

……他们再次给我注射了大量的镇静剂。现在我一个人躺在这里，他为什么不来看我？

3月25日，雨。

已经连续下了一个星期的雨了，我不知道它什么时候会停。就像我的病一样，我完全不知道自己什么时候可以出院。我真的生病了吗？我不知道。我只是觉得自己患了很严重的失眠症，因为我没有一个晚上可以合眼。而且我怀疑自己的胃也坏了，因为我什么都不想吃。我确实很饿，但是我觉得那些食物一点味道也没有。

……他还是没有来。

茉莉举着手电筒继续在房间里搜索。这是一间不大的病房，和别的房间没有什么不同。四下满是掉落的墙灰，地板正中躺着一只鸽子还是什么带着羽毛的半腐烂的小尸体，很明显另一半已经被野猫叼走了。手里的光一晃，在灰尘旋舞的光柱里，门口牌子上那些跳跃的大写字母格外扎眼：

"此病人极度危险。"

危险？茱莉不知道这是个什么概念。她想起隔壁病房里那个悬在梁上的绳索。三十年前真的有人用那个自杀吗？他们还看到库房里一排排的焚化炉和不知道做什么用的机器，锈迹斑斑，上面一片片暗褐色的痕迹，落满了鸟类的羽毛和粪便。

那本日记就是在这个病房里找到的。纸页都已经发黄了，但是墨水的痕迹还很清晰。这是个装帧考究的本子，封面用黑色皮革包裹，凹印着古老的纹章。日记没有署名。

脚步声。一束强光几乎晃瞎了罗尼和茱莉的眼睛。

"过来这边，我们发现了东西。"一个抑制不住的兴奋声音，是丹。

楼道里黑洞洞的，一点声音也没有。他们跟着丹慢慢往前走，没过多久就来到了另一个房间的入口处。

"菲尔呢？"没有光，茱莉看不到任何人的影子。

"他在上面。"

"上面？"茱莉用手电四下搜索。

这是一间不算宽敞的大厅，头顶是墙皮剥落的死灰色的天花板，而四壁……她开始没看清那是什么，待到罗尼的手电光一起打过来，她才看清四周的墙壁上都是残破不全的涂鸦，因为光照的关系，看不清楚原本的颜色，只是东一块西一块的，浮在斑驳的墙壁上，像是从墙另一面泛上来的破碎花纹。

她走近，仔细辨认着那些画。她看到了一条绳索——就像他们刚刚在那间病房隔壁看到的那样，硬生生悬在半空，绳索里套着一个红色的小人儿，没有脸，没有表情，一个全身红色的小人儿。还有另一幅，画面里是无数黑色的圆圈，正中的五芒星里站着一个小人儿，也是红色的。再往下墙皮就卷起来了。茱莉把手电换到左手，轻轻把那片墙皮拨回原来的位置——不，其实那个小人儿是黑色的，只是他脖子的位置有大片大片红色的颜料，一直流到地面上，所以才看起来整个人都是红色的。

茱莉倒抽了口凉气，缩回手。

这边丹在叫她："我们去上面啦，你要不要去？"她回过头，大厅里只有丹站在那里，挥舞着他的手电筒。那束强光像信号灯一样在房间里乱窜，数不清的灰尘颗粒在光柱里跳舞。有那么一瞬间，茱莉觉得丹也变成了红色的。

在丹的身边支着一架木梯，上面有微弱的光亮洒下来，罗尼他们已经爬上去了。

茱莉伸手试了试梯子，很沉重的木头。推上去略微有点吱呀的响动，但是还算结实。丹从下面用手电照亮，茱莉爬上了梯子。

　　这是一间低矮的阁楼。屋顶是倾斜的三角形，菲尔和茱莉还能勉强站直，罗尼和丹这样的大个子就只好弯着腰了。月光透过破碎的玻璃窗照到阁楼里，满地都是杂物，像是被洗劫过一样一片狼藉，原本堆在墙脚的纸箱倒了，箱子里的文件散了一地。茱莉捡起几张，借着月光看上面的字。

　　没有字，都是画。每一张都是。

　　画面上是红色、黑色不经意的涂鸦——不，怎能算是不经意？每一张纸上都画着一个红色的小人儿，他的脖子上悬着绳索，或者有刀子刺在他的胸口，红色颜料溅得到处都是。越翻到后面红色越多，到了后来整幅画都是红的。红色脸孔的小人儿咧开嘴露出红色的牙。他手里抱着一把红色的吉他，身后是一个红色的星球，还有一只微笑着的长腿红色蜘蛛。

　　另一边菲尔正抱着一箱东西看得津津有味。那是一箱病历。茱莉嗅到箱子里腐朽的气味，她感觉不舒服，低头看到自己手中，红色的蜘蛛横跨在画面上对她微笑。当罗尼的手电光扫过来的时候，她突然注意到那张画上还有一行字。大多数画上是没有文字的，也没有署名。只有最后那张，在蜘蛛的八条长腿下面有一行小小的字。

　　"吉米与来自火星的蜘蛛。"

字也是红色的。

　　"与自己的灵魂做爱

　　他陷入了冥思"

　　脑子里闪过大卫·鲍伊的歌词。1972 年那首著名的《ZIGGY STARDUST》。鲍伊神经质的假声和火星蜘蛛的吉他像那些温室里的植物一样丧失了理智，在茱莉的脑子里横冲直撞，把一切杂乱无章的思想全部压下去。然后，混乱的思绪逐渐清晰。

　　吉米是鲍伊的歌迷。

　　"喏，这个给你。"菲尔坐在地板上，从那堆病历里挑出一份，递给茱莉。

　　吉米。又是这个名字。

　　这不是正式的病历，只是医生随手记的病人情况之类的文件，上面没有姓氏，首页只有这个简称，吉米，用红色的圆圈勾了起来，并打了着重号。

　　"这里还有好多他的东西。"菲尔拍拍怀里的箱子，嘴角似笑非笑，"这家伙当年可是个名人啊。"

　　借着月光，茱莉翻开手里薄薄的册子。

3 月 22 日：

病人情况恶化，镇静剂对他无效。一位护士被咬伤。

3 月 23 日：

病人呼吸开始出现异常，体内血红素形成受阻，造血功能停止。初步疑似为血卟啉症。病人严重贫血，目前仅靠输血和大量抗生素维持病人生命。前景不容乐观。

3 月 24 日：

病人体温持续降低到标准以下。体内检测不出任何微循环。内分泌停止，消化功能丧失。病人面部器官没有出现腐烂特征，皮肤也未见紫色斑痕。病人体内无过量卟啉堆积。

3 月 25 日：

病人心脏在睡眠时段基本停止跳动。仪器检测不出呼吸迹象。各类抗生素在病人身上完全没有反应，目前已经放弃治疗。

病历就记载到这里，3 月 25 日。后面没有了。茱莉翻开手中黑色皮革封面的日记，最后一篇也是 3 月 25 日。

吉米，为什么你不继续写日记？后来到底发生了什么？

"他死了。"菲尔耸耸肩膀，从那堆病历里抬起头来，递给茱莉另一张泛黄的纸。

那是一份非正式的死亡报告。

詹姆士，男，1951 年 9 月 6 日生于坎特伯雷，1973 年 3 月 28 日死于坎特伯雷。

吉米（Jimmy）是詹姆士（James）的昵称。

"他才 22 岁哎，和我同年。"丹咋舌，"真可怜。"

"21 岁，他还没过生日。和我一样大。"菲尔在一边纠正。

茱莉仔细看着那张纸。吉米的死亡证明下面"死因"一栏被涂抹得很厉害。她完全辨认不出那些红色的字迹，似乎有"心肌梗死"，又被画掉。没有人确诊吉米的死因。掉在地板上的那张画，红色的蜘蛛又在微笑了，茱莉感到一阵晕眩。

她抱紧了怀里的日记。

"喂，我们走了。"奎因的声音把茱莉从回忆里唤醒。她抬起头，奎因刚巧从医院的窗子里跳出来，这个动作使他短夹克上的安全别针和铆钉互相碰撞，在寂静的夜里叮当作响。茱莉没有说话，她看着奎因的脸。那是一张精美如白瓷的脸孔，湛蓝色的眼睛如同夜幕初降的天空。但是现在奎因的样子却很疲惫。

"吸血鬼。"他说。

茱莉睁大了眼睛。

"我很抱歉。"奎因顿了一下，看着茱莉的眼睛斟酌字句，"但这个人你恐怕是认识的，他和你在同一所学校……"他递过手里的单子，那是一份死亡证明书。

茱莉颤抖着接过那张细薄的单据。上面的名字是——菲利普·乔·多蒙。死因：车祸导致失血过多，抢救无效。

茱莉不知道自己还能说什么。虽然已经早早知道了结果，她却无法让自己接受这个事实。之前偶然看到报纸上的新闻，她已经受过了一次重创。菲利普，或者说，她的好朋友，菲尔，那个总是坏坏地笑着的吉卜赛混血男孩，前不久她还在学校里看见过他。他们一起翘课，一起跳舞，一起看演唱会。他们一起开车出去玩，一起去探险。还有罗尼和丹。

不，这些都是很久很久以前的事情了。自己有多久没去过学校了？有多久没见过朋友们了？她看了一眼奎因。自从和他在一起之后……奎因疲惫地对她笑笑，带点无奈。她看着奎因毫无瑕疵的脸。从第一次在

"草莓月亮"俱乐部看到他，茱莉就知道这个人不一般。这个插画系三年级学长身上有一种所有人都没有的强烈魅力，这种魅力令她窒息。

他们每个周末都去"草莓月亮"跳舞。后来，他们开始共进晚餐。再后来，奎因住进了茱莉新搬的公寓里。

那时候她从未想过，自己竟然会找到一个吸血鬼做男朋友。

"你是说……菲尔他，是被吸血鬼杀死的？"

"正确来说是车祸。"奎因皱着眉拿过那张报告单，"但很明显有什么直接导致了车祸的发生。他脖子上的伤口尽管已经被那辆肇事卡车撕裂，但最原始的伤口是某个血族留下的。这点绝不会错。"

茱莉眼前发黑。她把自己身后那张报纸紧紧攥成一团，她不想再看到那幅可怕的画面。

"据肇事司机招供，那天晚上他有明显自杀倾向。"

"菲尔怎么可能自杀！"茱莉叫出声来，"我不相信。"

"如果不是自杀，他没有理由跑到M20公路上去。那里是高速路。"奎因看着她的眼睛，语气很严肃，"所以我一定要知道真相，看是哪个没礼貌的家伙在我的地盘上猎杀。上车。"

"去哪里？"

"你应该知道菲尔住在哪里吧？"

"你太残忍了……"茱莉呻吟了一声。

"难道你不想查清楚他是怎么死的？"奎因伸手，安慰般揉了揉茱莉的脑袋，然后不由分说把她拖进了车里。

菲尔一个人住在那栋房子里。他的父母和弟弟还在法国。当奎因翻窗进去从里面给茱莉打开大门的时候，茱莉感觉晕眩。上一次来这里还是两个月之前的那天，他们从精神病院回来的路上。尽管罗尼和丹强烈反对，菲尔还是把那个装满病历的纸箱子一并抱下了阁楼。显然他对那些奇奇怪怪的记录很感兴趣，说要带回家研究。茱莉则只拿了那本日记。

房间里很静。月光从花园的落地窗照进空旷的大厅，清清楚楚映得屋内一片死寂。再次来到这个熟悉的地方，茱莉的思绪一片空白。踩在厚厚的地毯上，她无法确定自己的步幅。像刹那间失去了重力，她感觉自己飘浮在云里。

"这只钟怎么了？"顺着奎因的目光，茱莉看到桌子上那只微型时钟，分针发了疯一样在表盘上不停地逆向旋转。她想笑，又笑不出来。她记得自己第一次来的时候也问过菲尔同样的问题。她一直觉得那只钟很酷。

"只是 GPS 接收器出了毛病。"她轻轻地说，"这只钟原本是和卫星时钟精确同步的。”

“GPS？”

“全球卫星定位系统。”茱莉在心里叹了口气，她知道奎因对现代技术一无所知。

“那是干什么用的？”

“最主要就是导航和定位，还有很多其他用途。”

“听起来很奇妙。”奎因很崇拜地盯着那只发疯的钟。从他们进来到现在，那只分针已经倒退了起码二十圈。二十小时。那时候菲尔应该还没有死。他在哪里？他在做什么？

顺着客厅一边窄窄的楼梯上楼，上面是两间卧室。一间大一点的，放着双人床，墙角虽然堆着无数杂物箱，但看起来还算整洁。这是菲尔父母的房间，偶尔他们会过来度假。另一边小一点的是菲尔自己的卧室。墙上的海报一张接一张贴得密不透风，地上横七竖八摆放着一摞摞的杂志和游戏盘，CD 一直堆到了天花板，床上倒着一把红色的吉他。

奎因拿起那把吉他，拨了两个音节。声音本来应该无比悠扬，但在午夜听来竟然感觉凄厉。“弦松了。”奎因说，像是自言自语。他顺手把弦拧紧，略微调了调音。他的手法看起来很熟练，也不需要任何调音器。

“想听什么曲子？”他抬起头，冲茱莉眨了眨眼。

"*Ziggy Stardust*"茱莉脱口而出。

奎因的眉毛跳了一下，但是他什么都没说。他弹起了大卫·鲍伊1972年的成名单曲。

"我没有想到你会喜欢鲍伊。"茱莉看着他的眼睛。

"没有人不喜欢。"奎因笑了。

"嗯……"茱莉试探着开口，"是谁把你变成吸血鬼的？"不知道为什么，她突然很想知道这个问题的答案，但是记忆里奎因似乎从未提起过。

奎因转头看着窗外。他整个上半身都隐藏在阴影里，茱莉看不到他的表情。

"……奎因？"过了许久，茱莉终于忍不住打破了沉寂。"你还好吧？"

"我很好。"奎因转过头，"这里看上去似乎没什么不对劲的。"他弯起食指敲了敲墙壁，"他家就两层楼吗？有没有地下室？"

"应该没有。"茱莉摇摇头，"但是上面还有个挺大的阁楼。菲尔小时候曾经住在那里。"她伸手往天花板指了指。

在茱莉的指示下，奎因搬了把椅子到楼梯的入口处，站上去把头顶的隔板拉开。他双手一撑轻易翻上了阁楼，然后把梯子拉下来推给茱莉。

这并不是茱莉第一次上来菲尔家的阁楼，但以前她却从未把这里和那间精神病院联系起来。恍惚之间，她仿佛再次置身于那个医院的房间，头顶上方倾斜的三角形屋顶压扁了室内沉重的空气，清冷的月光从凹凸不平的磨砂玻璃窗折射进来，照得周围一切全都变了形，烘托起一种无比诡异的氛围。

室内明显已经很久没人打扫过了，蒸腾的灰尘颗粒，以及微醺的腐朽味道，从地板上散落的文件、单据，还有那只旧纸箱里源源不断地散发出来。

奎因盯着那只纸箱。

"那东西哪里来的？"

"一座废弃的精神病院。"茱莉看着他，但是奎因仍沐浴在月亮的暗影里，茱莉无法确认他的表情，"我们曾去过那里探险。"

"荒谬。"奎因从鼻子里哼出一声。他借着月光打量着这个倾斜的房间。

窗外，一朵乌云刹那间游过去了，天地间豁然开朗，一轮白圆的满月照得整个阁楼一片惨青的透明。奎因踢开地板上散乱的文件和资料。就在地板正中，在璀璨的满月光辉映照下，那里赫然出现了一个白垩画成的五芒星。

"该死！"奎因咒骂了一句。在他脚下，那个五芒星白惨惨的，在清亮的月光下愈显狰狞。

"菲尔……他在做什么？"茱莉试探地发问，但是奎因并没有回答她。

越过对方的肩膀，茱莉看到五芒星正中央躺着一枝深红色的玫瑰。

奎因弯腰捡起那枝玫瑰。玫瑰还很新鲜，在奎因从地板上拿起它的时候，有露水从花瓣上滴下来。

滴答。

地板上有一本摊开的大书。在露水滴落的瞬间，几行字霎时洇湿在一片阴影里。

那滴露水是红色的。空气里没有花香。

阁楼里包裹着一片湿热黏稠的空气。开始茱莉并不确定那股腐朽衰败的味道是什么，但是现在她知道了。她作为初生吸血鬼的嗅觉远远没有奎因那么敏锐。她感觉饥饿，甚至有一点点兴奋，但更多的是恐惧。

"吸血鬼。"奎因说。昨天夜里，是他们的同族袭击了她的朋友菲尔。但是，奎因又说菲尔并不是直接被吸血鬼杀死的。

那本日记。

吉米在日记里提到过吸血鬼。同时提到的，还有地板上这本《所罗门的钥匙》。

它是历史上最著名的魔法书，由 14 世纪的术士们编纂，传说中记载了所罗门王召唤恶魔的方法。吉米是这本书的狂热读者。他的日记里面有大段大段的摘抄，只是，他反复提到的并不是恶魔，而是吸血鬼。

"我们走。"突然升起的话音仿佛一把利刃，划破了低矮屋顶下黏稠的空气，也一并切断了茱莉的回忆。茱莉不解地看着奎因。他背朝窗口，上半身仍然隐在黑暗里，身前细长的影子一直蔓延到了天花板，被那些磨砂玻璃折射得模糊了边缘。在那一瞬间，茱莉觉得奎因离自己很远。与奎因相处已经好几个月了，她突然发现自己其实完全不了解这个人。奎因是什么样的人，他喜欢什么音乐，他喜欢什么运动，他的爱好是什么……这些在茱莉的脑子里竟然都是一片空白。

"我们走了。"奎因重复，"我不想在这里待着了。我们回去。"

茱莉觉得有些奇怪，当初难道不是奎因坚持要来这里吗？为什么现在又要回去？还口口声声说要寻找什么真相。但是在这里，在菲尔的房间里，巨大的悲痛和失落感使她无暇顾及其他。茱莉垂下眼帘，悲伤地摇了摇头，"菲尔是我的好朋友，我想一个人再待一会儿。"

奎因犹豫了一下，他伸手摸了摸茱莉的头发，似是想安慰她。茱莉抱着一线微弱的希望等了很久，但最终等到的只是对方简单的一句"那我稍后过来接你"。

看着奎因的影子消失在黑暗里，比失去朋友更大的悲哀慢慢涌上茱莉的心头。她开始怀疑自己两个月前的决定是否正确。离开所有的家人和朋友，离开自己原本拥有的整个充满阳光的世界，选择和眼前这个人在一起，永远生活在黑暗里。她无力地跪坐在地板上，凝视着五芒星中央那枝滴血的玫瑰。玫瑰原本是白色的。茱莉捡起那枝玫瑰。上面馥郁的血香让她感觉饥饿。菲尔的血。

她注意到玫瑰下面那本摊开的魔法书。那滴鲜艳的红色洒到书页上，溅起一片小小的水花，延展开的液体像红色蜘蛛小小的腿。

来自火星的蜘蛛。

茱莉看着那本书。她念上面的字。

> 暗夜中潜伏的身影，冥月下哭泣的亡灵
>
> 以我的灵魂作为献祭，呼唤沉睡的神祇之名
>
> 集世间所有的赞美、钦佩、荣誉与敬畏于一身
>
> 我臣服于你之下
>
> 泽拉，请你在愚痴的人类面前展现你永生不灭的美丽
>
> 给予悲伤哀凄的痛哭者
>
> 最后的慈悲

一个影子在她面前晃了一下。她开始还以为是奎因回来了。

但是那个人并不是奎因。

满月的光辉从对方头顶泼洒下来，茱莉跪坐在地面上仰视来人。在那一瞬间，她以为自己看到了上帝。

对方有一张看不出年纪的脸，似乎很年轻，但神色里隐约透出的岁

月沉积让茱莉感觉恐惧。他的头发是纯粹的黑色，带着些微夜风的凉意垂落肩膀，他薄薄的嘴唇让茱莉联想到夜风划过刀刃的轻吟——不，这些都不是主要的，事实上当她刚刚仰起头，她就只看到了对方那双绿色的眼睛。青柠檬一样的绿色，从里面迸发出摄人心魄的光芒。茱莉感觉自己瞬间湮没在了一片绿色的海水里。

"你是……"茱莉愣愣地仰视来人。

"你不是刚刚才念过我的名字吗？"来人微笑了，在那笑容浮现的刹那，茱莉整个人融化了。他的声音像丝绸，像流水，像美妙的手指撩拨夜的颤音，像春日凌晨第一朵玫瑰花瓣上的露水。他雌雄莫辨的面容像天使。他甜蜜的微笑像神子的触摸。她从未见过如此完美的生物。

泽拉，请你在愚痴的人类面前展现你永生不灭的美丽……

泽拉。

茱莉低下头，看到了书页上的这个名字。她赫然发现自己正身处五芒星中央。魔法阵。

她惊疑不定地看着面前摊开的书。那只是一本普通的《所罗门的钥匙》，哪里都可以买到，前不久她看过吉米的日记之后，还刚从亚马逊网上书店订购过一本。不过她不记得自己的那本书上有如下的祷文。面前的纸页破旧发黄，很明显是三十年前或者更早的译本，很可能是从菲尔带回来的那个旧纸箱里被找到的。可是就算这样也太荒谬了，有谁会相信那些召唤恶魔的咒语？

"我相信。"泽拉又在微笑了。

茱莉惊恐地看着对方。她发现泽拉竟然可以完全读出自己的思想。

"因为那本书是我写的。"

茱莉睁大了双眼，听对方继续说下去："14 世纪的时候我是个炼金家。和那些术士一样，我编了些咒语放到书里，当然，它们有真有假。到了最后，所有不同的版本都被印刷出来。有的已经遗失了，但有的还保存着。"他冲茱莉眨了眨眼，"这很容易理解吧？"

茱莉不敢相信自己的耳朵。14 世纪。那是一个什么样的年代？中世纪。文艺复兴。大饥荒和黑死病。修道院。哥特式风格。吸血鬼。

她突然想起了什么，她感觉自己后背冰冷，全身颤抖。"是你杀了菲尔。"这几个字她说得很用力，但话音飘出，竟然是那么缥缈无依。

"那个吉卜赛男孩？我没有。"泽拉走近，以一种欺哄的语气把声音送进对方的耳朵。茱莉的眼睛在对方的凝视下失去了焦距。她想推开对方的手臂，但她发现自己的身体竟然不听使唤。

"虽然我知道这听起来很可笑。"泽拉揽住茱莉的腰，把她拉进自己的怀抱。他嘴里呼出的芬芳让茱莉感觉晕眩，仿佛在很久很久以前，在很冷的冬天，她靠近壁炉烤火时的温暖；或者在很沉很沉的夜里，划船经过窄窄的小巷，从头顶窗子里飘下来的小提琴的悠扬——是的，那不是一种感觉，那是一种从心底传出来的回声，它说："给我你的灵魂作为交换我苏醒的代价。"

"你已经被转变了，真可惜。"泽拉轻轻笑了一下，他的唇仍然黏附着茱莉的脖子。茱莉想逃，可她所有奋力的挣扎只是化作情人怀中一两下轻柔的摩擦。她的身体软得像海藻，蜷缩成一团缠附在泽拉怀中，眼前所有一切逐渐变得模糊。泽拉拥着她的手臂轻柔如爱抚，而茱莉脑海中唯一的感知就只剩下了恐惧。

阁楼里潮湿的空气愈积愈重，就好似一个缠绵了几个世纪的吻。

泽拉尖利的牙齿深深扎进茱莉颈边突起的静脉。但是他没有吸血。他只是用牙齿把那里撕开一个口子，任由浓稠的深红色源源不断地淌下来，淌下来。茱莉想叫，但是她叫不出来。她惊恐地看着自己的血从颈边一直流下来，看着泽拉天使般的脸庞、他近在咫尺绿色发光的眼睛，看着他用纤细修长的白皙手指抹上那些血液，涂抹自己的嘴唇。

月色妖娆。磨砂玻璃窗把室外明亮的月色渲染得过分暧昧，瞬息万变的云朵和月色捉迷藏。阁楼里稠得化不开的空气似乎要滴出血来，而在房间正中亲密接触的两人之间，红色的涓涓细流已经再次浸润了地板上枯萎的玫瑰，蔓延的红色一点一点覆盖着白垩画出的五芒星。阁楼里孕育着一股甜蜜醇厚的血香。

一种从未有过的惊骇自茱莉脚底升起。仿佛从泽拉冰冷如岩石的唇边传来的温度，茱莉感觉自己要被冻僵了。颈边被撕裂的伤口痛得钻心，她感觉到血液的消逝、生命的消逝，一点一点地，整个世界都离她而去了，眼前只剩那双青柠檬一样的眼睛，散发着炫目的光芒，勾得三魂去了七魄，她觉得自己整个人正软绵绵地飘浮在太空，而迎接她的是一个红色的星球。

窗外没有风。当月光打在磨砂窗上的时候，也没有树叶的暗影。只是满月的明亮光辉，毫无保留地从头顶残忍地洒落，血的颗粒在空气里蒸腾。红色的星球。那里有一个叫吉米的孩子寂寞地弹奏着鲍伊的歌。

男孩有着柔软的金棕色短发，但是茱莉看不到他的脸。他的脸总是隐藏在阴影里。但是她看得见他红色的脖子、红色的手、红色的身体……带刺的玫瑰花穿过了他的掌心，花瓣滴淌着红色的露水，他的脸上流下了红色的泪。

"睁开眼睛，看着我。"泽拉清澈的嗓音让茱莉蓦然惊醒千年长梦，"我喜欢你眼睛的颜色。看着我。"泽拉命令道。茱莉眼中已经失去了焦距，她茫然地看着面前模糊的人影。她觉得自己要死了，不，其实她早就已经死了，可是为什么，自己竟然再一次感受到了死亡的恐惧呢？

"吉米。"泽拉念出这个名字，茱莉全身颤抖了一下。"你和他有着同样颜色的眼睛，湛蓝如夜幕初降的天空。好美的颜色。"他轻柔地吻着茱莉的眼睑。他的唇上仍然带着茱莉的血，"你让我想起了他，你们的味道很相似。"

"你认识……吉米？"茱莉惊讶于自己竟然还可以开口。当说出这个名字的时候，她像一只扑入火焰的飞蛾那样无助。她似乎已经知道答案了。

"我还把他变成了吸血鬼。"对方完美的唇边泛起不可捉摸的微笑，仿佛他是一个艺术家，在谈论着自己毕生最完美的作品，"他真是个好孩子。"泽拉骄傲地说，"在他最终苏醒的那一刻，他杀了他的主治医生和护士——他们竟然说我美丽的孩子得了什么血卟啉病，真是可笑。"

三十年岁月如同那只逆向旋转的钟一样回放，眼前的影像逐渐清晰。

在泽拉的怀抱里茱莉再次看到了那个男孩。

吉米。

他躺在医院里，一只眼睛缠着绷带。他用另一只湛蓝的眼睛望着天花板。他的部分皮肤呈现一种可怕的血红色，他全身都是伤痕。他身边的盘子里放着被仔细切成小块的三明治，但是他没有吃。护士无奈地把盘子又放回冰箱。那是一间很小的白色病房，门口的牌子上挂着"此病人极度危险"的大写告示。

午夜来临，吉米的身体发出恐怖的痉挛。值班的护士惊恐地按铃，医生来了。电击，心脏起搏，输氧。无数的管子插进吉米的身体。吉米没有任何反应。屏幕上他的心跳显示为零。

现在他躺在医院太平间的床上，从头到脚盖着白色的单子。夜风从破碎的窗子吹进来，吹起了白色的床单，满月的光辉洒落在他苍白的仍然裹着绷带的脸上。吉米的尸体沐浴在银色的月光里。他睁开了眼睛。他扯掉了绷带。那里的伤口早已痊愈了。在他湛蓝色失去感情失去生命的眼瞳里，此刻剩下的唯一内容就是饥饿。嗜血的饥饿。

杀戮。

整个医院沐浴在一片血色里。那晚的月亮是红色的。

吉米走了。精神病院在第二天关闭。

茱莉在泽拉的怀里颤抖，她牙齿打战，几乎听不到自己在说什么。

"其实……吉米并没有死？"

"当然没有。"泽拉轻轻地笑了笑，"他已经永远都不会死了。"

"托你的福，我真应该感谢你。"一个带点揶揄、带点讽刺的声音从打开的窗子那里随着凉爽的夜风飘过来。屋里抑郁的空气登时透出了一片缝隙。

泽拉转过身。他放开了茱莉。看到窗边站着的那个人，茱莉一头扑进了他的怀里。

奎因伸手揽住茱莉，他静静地注视着房间正中的人。

在对方蓝色的眼瞳里，泽拉的记忆刹那间飘回了三十年前，当自己第一次被唤醒……是的，他想起来了，这个湛蓝色眼睛的男孩，几个世纪以来第一次成功地召唤出自己，同时也为此付出了巨大的代价。

男孩的名字是詹姆士·奎因，他叫他"吉米"。

他沉睡了整整五百年，五百年的欲念与梦魇在睡梦中无可抑制地增长。苏醒之后，他做的第一件事就是发疯地折磨那个召唤他的男孩。他把带刺的玫瑰花刺进他的掌心。他让男孩饮下他自己的鲜血。他以他的方式去爱吉米。吉米疯了。泽拉很懊恼。他把男孩扔进了精神病院，然后继续着自己的沉睡。直到昨天的满月时分，他的睡眠再次被打断。他不喜欢那个吉卜赛男孩。他也不喜欢他血里的味道。他用意念再次把男孩逼疯。这一次，那个男孩自杀了。

茱莉紧紧抱着她的恋人。她颈上被撕开的伤口已经完全愈合。三十年前致命的折磨，如今不过是吸血鬼之间调情的亲密。

"抱歉。"看着对面那对年轻的情侣，泽拉美丽的脸上似乎有些尴尬，"我不知道她是……你的。"

奎因淡淡地笑了笑，"好久不见了。"他说。

当奎因开车离开坎特伯雷的时候，茱莉还不敢相信这一切。她曾经一度认为自己会再次死掉。"怎么会？"奎因笑笑，"他对你的折磨还不及对我的十分之一，何况那时候我还是人类。"

"可是……你把那个变态就这么留下来？"茱莉不明白。

"否则怎么办？杀掉他？他可是我的创造者。"奎因继续自嘲地笑了笑，"他生活在文艺复兴时代，曾经是个很伟大的学者，只不过现在睡得有点神经失调。相信我，经过这一夜，三十年前的事情，还有昨天的惨剧，都不会再度发生了。我很了解他。"

"奎因……"茱莉看着对方的脸，当提到"那个人"的时候，奎因的脸上已经找不出一点怨恨。当然也没有感情。什么都没有，就像随意提起一个曾经认识的人。

"……你原来叫吉米……詹姆士？奎因是你的姓？"

"嗯，后来我倒过来了。"

是为了对自己前一种生命的颠覆？还是要忘记什么事、什么人？茱莉这么想着，看奎因把一张唱片塞进了 CD 机。大卫·鲍伊 1972 年的专辑，《Ziggy Stardust 的起落和来自火星的蜘蛛》。

"对了。"就在音乐刚刚响起的时候，奎因突然转过头，"你能不能把那本日记还给我？"

"为什么？"

"因为放在你那里我会觉得很丢人。"奎因嘟囔着说。

"不给。"茱莉笑了。在这个万圣节之夜即将过去的黎明，她第一次展开了笑容。

月色洒在 M20 高速公路上。

车子已经消失了影踪，隐约还听得到火星蜘蛛的吉他声音。

然后一切沉寂。

然后黎明的金色手指撕破了墨蓝色的夜空。

崩塌

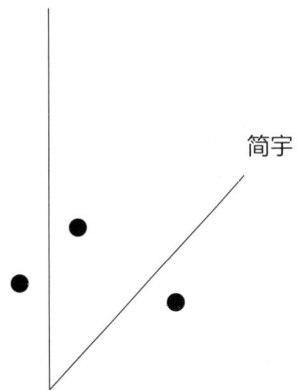

简宇

简宇

上海最世文化发展有限公司签约作者

每天都在很认真地消沉。

已出版作品：《童年是孤单的冒险》

　　我已经无法忍受阿金了。最近在睡着之前，我时常感觉自己的手在颤抖，强烈得想要杀死她。

　　我已经连续很长很长时间，每天死去一点，像身体从某部分开始一段一段地风化、崩塌、破碎、细捻成沙。我每天心情最好的时候，就在我刚睁开眼的那几分钟，我会感觉自己像融化为一团透明的空气，柔软地贴伏在被子里。当然之前没有噩梦，也没有阿金出现在我的梦里或半夜将我叫醒，让我可以逃离她一段时间，才不至于将前一天厌恶的情绪强化。我也曾连续失眠半个多月，脑袋窒息，像一颗快要爆炸的定时炸弹，我的呼吸就在读秒，"嘀嗒，嘀嗒，嘀嗒"。我知道自己的死期也不远了。

　　我在昏黄的台灯下拧开药瓶，尽自己可能地压低声音，温柔地叫她："阿金，阿金起来吃药啦。"

　　阿金迷蒙地睁开眼，我看见她的眼睛时知道她此刻是清醒的。她皱起眉头表示不满。她不想吃药，却接过开水，将药丸老老实实地吞了下去。她问我现在是几点了。我说已经是早晨9点，"你打不打算起来，吃点什么东西？"她用被子蒙着自己的脸，像孩子一样抗拒地说不。我说："那好吧，你如果觉得饿了，就告诉我。"

　　"阿其。"她在我转身时叫住我，"我想出去走走，你能不能陪我到附近的公园里走走？"

我说："外头快要下雨了，而且你现在的情况，待在家中更适合。"

"可是我已经很久没有出去过了。"阿金坚持地说。

很久？我在心里冷笑，四天前我们才刚刚出去过，你难道就这样忘记了，忘记你给我惹了多大的麻烦，忘记我是怎么狼狈地将你带回来的吗？可这些话我没有说出口，我回头笑着对她说："既然你一定要出去，那就起床收拾收拾吧，我陪你去，这样对你的病也有好处。"

想想我才 31 岁，几乎没人看见我时会相信这是个 31 岁的男人，这个枯瘦的、衰老的、已被疲倦压垮的男人，至少比他的实际年龄大上 15 岁。我的表情像粗劣的拼贴的花纹装在随身的口袋里，随取随用。我曾用了一个月的时间，天天对着洗手间里那面镜子才缝补好我的笑容，这个笑容很麻烦，需要端正大气，却不至于夸张得让人感觉姿态虚伪失实，当然也不能太拘束窘迫，让人吹毛求疵地说我在故作轻松。这个笑容要在任何时候满足一切人的挑三拣四，即使败絮其中，也要金玉其外，让人觉得我已经有了任劳任怨的觉悟，而且是一辈子的觉悟。

阿金拉开窗帘，袒露出窗外晦暗的天空和暗红的云团。她挽着我的手出门，风正刮得邪。整条巷子上空交错纷杂的电线像一团被猫咪扯乱的毛线球，灰色的鸽子零落地停歇在上面，"咕咕"地叫唤。门前不远处卖水果的妇人在收摊，几片枯黄的叶子随风打着旋儿，落在她吹散的头发上。褐青色的台阶被醉酒的流浪汉吐得一片狼藉，我厌恶这个地方，藏不住丁点秘密和声响，街坊邻里都在监视着我的一举一动，眼里压抑不住沸腾的情绪，就等着我再惹出什么祸端。这已是阿金患病后的第三年，而我在等着自己从他们的谈资中消失。

弄巷外遇到的张老头和我打招呼，说："你和阿金这是去散步啊？"

"她觉得屋里头闷。"我笑着说。

"就要下雨了，你说能不闷吗？"他的眼神又落在阿金身上，压制着那点好奇和不解，"阿金的病没好点吗？"

"老样子，还是老样子。"我说。

阿金这时着急地催我走，张老头立即露出鄙夷和恼怒。他一定很气愤，他认为就现在这景况，主动和我们说话是施舍的荣耀，却不曾想过我们是否需要。

我和阿金是五年前结婚的。20 岁认识后我们恋爱了两年，毕业后开始同居，四年后，她对我说我们结婚吧，她觉得结婚会是一场保障和一辈子的牵绊。我也没多仔细考虑就同意了。

拍婚纱照的前一晚，她妈妈曾私底下问过我，真的决心照顾好她一辈子了吗？我说是的。她说："你从今以后要面对她所有的错误，接受她的缺陷，承担她的痛苦、悲愁和柔弱，安慰她的苦闷，打消她的失落，哄她开心，你真的能做到吗？"我说："做得到。"她当时低头笑了笑，说："你答得太轻松了。"

她说："你有没有想过，你已经25岁，是个成年的男人了，你和这个女人，我的女儿要过的是一辈子，不是原先谈恋爱，更不是小时候的过家家，说好则合，说不好则立即散。"我听她这话，总有些不信任我的意思，心里有些火气。她看出些端倪，说："我知道你生气，可是我希望你能够考虑清楚，阿金自小脾气倔强，又好玩，不像个顾家的人。她提出和你结婚的事我也觉得奇怪，可她不愿意说明原因，我只好来问你。我这样做并不是否认你，而是希望现在你能再仔细地考虑考虑我刚刚问你的话，然后给我个最后的答复。"

我没有任何犹豫地坚定地说："我已经想好了。您不需要再问我第二遍。"

"你的答案呢？"

"是，我还是打算和她结婚，和阿金结婚。"

我需要一个人，也同时希望自己能被这个人需要，就好像是互相嵌进对方生命里的那种用力。太浅薄的不值得信任。最初，我仅仅是这样想而已。

有时候我觉得我心思太过细密，对外在世界太过敏感，本身却太脆弱，不足以盛装那些想法，我脑子里常常充斥太多太多东西，仿佛千万昏鸦在我脑子的边角里搭窝筑巢，全是很荒凉却很无用的东西。

结婚比收养宠物还要复杂、麻烦。收养宠物，就要面对它的丑陋，比如大小便、它生病时的颓丧样子，比如它的生养老死，要耐心地照顾它，它不是每时每刻都那么美好。有时在看到动物时会蹦出奇妙的感觉，有点像开心，会觉得有意思，可是不曾动过饲养的想法，我不会有那个耐心，那种糟糕时刻我不确定自己是否会考虑丢弃它。

我很小时就惧怕死亡和衰老，对，我想这是阿金提出恋爱时我立即答应的原因。童年少年过去后，很长时间我能生活自理，可若是我老了呢，我双手无力照顾自己，眼睛看不见了，耳朵也听不清了，仿佛置身混沌之间，怎么继续活下去？或许可以简单地将自己送到养老院，可是在那儿需要面对的事情也多得乱七八糟。我少年时，甚至是现在，也一直希望活到50岁时死掉就足够了，不用面对年老的不堪和尴尬。

肯定有人会嘲笑，会讽刺说等你活到50岁时，你就不会那么容易想死了，你会开始琢磨怎么样苟延残喘地活得更长，而忽略自己正慢慢开始给这个世界带来负担。

所以后来我恋爱了，和阿金结婚了。好处是，比如孤独的时候有个人陪我说话，下班回到家时不用独自面对屋子里冷冰冰的物什。不过值得吗？新的问题发生了，原先需要面对的一个人的问题成了两个人的。哪天我对躺在身边的那张面孔厌烦了，也必须维持下去，口是心非地赞美她、夸奖她。（或许热恋和结婚初期的情人不会考虑这个问题。）

　　如果有孩子，还必须应付他们的心情，提防他们不确定的耐心。（在他们尚未具备自理能力之前，他们和一般猫狗宠物并未有太大区别，也有吃喝拉撒，而且比动物更嘈杂。完善他们人格的同时，也要面对很多现实的、不能消除的丑陋。）想起来没有？即使是年少时的我们自己，听着母亲不停地唠叨同一件事，反复指责同一个错误，会不会很想朝她大喊闭嘴，或者狠狠地摔上门，把她阻隔在外？那声音一定大得将身体所有的力气和呼吸都用上。愤怒过后，你有了细微的负罪感，觉得自己让母亲失望了。等过一阵子，比如午饭时或晚餐时，仔细地到母亲的脸上去搜寻，会找到些蛛丝马迹，发现她在竭力隐藏自己的无助和失落，劝你多吃点。那些负罪感很快消失，下次同样的事情依旧发生。当时，我常常希望自己能够死掉，这样可以成全所有人的满意。

　　我记得小时候伯父给祖母打电话时的样子，祖母那时耳朵背，很多话听不清楚，伯父在电话这端声嘶力竭地大声吼话，面容通红，青筋迸露，模样丑恶，最后一句"你听不清就算了"，他把电话摔了，"没必要说下去了。反正她也听不清。"电话生动地滚下桌子。

连我自己和祖母说话时，也渐渐越发频繁地萌生出"算了，我不想说了，反正你也听不清（听不懂）"的想法。不仅仅是这样，当时时常能看见祖母独自坐在桌前看书，她身形干枯，血肉已被子女和岁月剥夺尽，站起来时酸朽的身体像她身下的老藤椅一样发出干涩的呻吟。家中没有人心甘情愿地陪她说话，也没人愿意心平气和地听她絮叨。她连筷子都拿不稳妥，吃饭时需要其他人帮她夹菜，衣服前襟满是汤汁的痕迹。她邋遢，不能再维持年轻时的光洁和美丽。

因此我常想我和阿金的关系能坚固到什么程度，忍耐她善变的性格和数不清、数不清的缺点。可如果她被大火烧烂了脸，如果她残废了，她得了重疾，我又能够坚持到什么程度。

她有摔断过腿，那年留下一张纸条在家就独自徒步旅行，结果出了车祸，我请假，去青海接她回来。伤愈之后过了半年，她又独自离开，在南宁遇到小偷，丢失了所有证件和钱，她向路人借钱打电话给我。这次，我丢了工作。

我就这样一遍一遍地丢失她，又耐心地将她找回来。她像是我生命里的坐标轴，不是她离不开我，而是我离不开她。

可是。我在说可是。

可是我从未想过阿金会得病。刚开始她只是容易疲倦，以为是太过劳累，好好睡上几天就能恢复。慢慢地，她像路盲似的分辨不清方向，找不到回家的路，有些像帕金森的早期症状，又有些像时间紊乱症，分不清楚昨天和今天的区别，仿佛精神囿于某个未知的空间，继续她的历险，而且时间越来越长，偶尔才忽然回到这个世界。

她脑子里一定全乱了，就像中药铺子里整面墙的装置草药的抽屉全贴错了标签，拉开杜仲的抽屉，却发现里面装着甘草。她发病时偶尔还会像割除小脑的动物。医生粗糙地诊断她得了严重的妄想症和忧郁症，建议我送她去精神病院。

阿金的父母听闻消息后匆匆赶来劝阻，她母亲说："当初我和你说的事情已经发生了，你现在必须承担起你做丈夫的责任来，不能草率地将她送去精神病院。"

我说："医生说去那儿医治一段时间会对她的病有帮助。"

她母亲大吵，完全没有当初的理智，她说："精神病医院都是用来安置那些被遗弃的没人愿意照顾的病人。医生和护士每天做的仅仅是让他们老实点，好顺利结束自己的工作，而不是真的打算治愈他们的疾病，而且你有没有想过，那地方就和监狱一样，她要是进了那里，你让她以后怎么见人？你让我和她爸怎么见人？"她停顿了一下，"还有你，你的妻子这样了，你怎么见人？"紧接着她又试图说服我，说她会来帮我照顾阿金，所以不要冲动。

虽然我觉得她的逻辑很奇怪，可是阿金就这样留在了家里。

过了半年，阿金不见好转，我父母开始劝我和她离婚。紧跟着，我的表兄妹从外地回来，建议我带阿金去他们城市更好的医院检查。得到的检查结果一致后，他们也立即劝我说，"你和阿金才结婚两年，根本谈不上什么感情深浅，而且你们连孩子也没有，你赶紧趁着年轻和她离婚吧，然后再找个合适的女人过日子。你把家里的东西都留给她，也算是仁至义尽了，没必要将自己的一辈子全赔在这个女人身上。"

我说："你们有没有想过，要是我现在和阿金离婚，别人会怎么看？"

"他们会怎么看？说你背信弃义，还是说你不要脸，没人性，妻子一生病就离婚了？第一，你已经照顾她很长时间了；第二，你仅仅因为在乎别人的想法，就打算跟这个病人过一辈子？"

他们见我不吭声，气冲冲地骂我，说："你以后肯定要后悔的。"吵完后我带着阿金又回到家中。

当地的某报社听说我的事情以后要过来采访，就像采访那些数十年照顾瘫痪妻子的丈夫，或者十多年照顾脑瘫儿子的母亲一样，这个话题一点也不新鲜，连赞扬的话也几乎可以原封不动地套用。可居委会积极性却很高，而且我的邻居和巷子里激动的居民也积极地投入其中。

事后父母劝过几次后不再阻挠我。阿金的父母来看过几次，也渐渐来得少了。我们像是恢复了平常的生活。可实际上这时的我已经厌倦了。阿金像回到幼儿时期，生活中的一切都需要我帮她打点。她有次昏倒后四个月不醒，医生提醒我按时给她擦身子，帮她翻身和按摩，防止褥疮。全职的工作没办法再继续下去了，我只好另外再找兼职。虽然考虑过继续工作，另外找护工照顾她，可经济上根本不允许。

积蓄全用光后，我找父母借了几次钱，接着是表兄妹们，表兄后来给了我五万块，说："这是给你的，家里也只能拿出这么多钱了，你嫂子身体最近也不太好。"我明白他的意思，说："谢谢你，我以后会还你的。"才出门下楼，门就在我身后重重地摔上。

这笔钱用光后，我只好去找阿金的父母。他们说："当初那些存款都用光了？"

我说："是，还找我父母和兄妹拿了几次钱。"

阿金母亲这才去柜子底翻出存折，跟我去取钱。她取了一半，自己留了一半，说是棺材钱，不能动。

她说："我们就阿金这一个女儿，她要是一直这个样子，我们以后也只能去养老院，那儿要花钱的。"她指着钱说："我们就这么多了，再也拿不出其他的钱了。你要知道，我和阿金她爸年纪这么大了，也是一身病痛，不可能再出去工作，只能吃老本儿。而你不同，你还年轻，以后阿金稍稍好点，你再出去挣钱就是，男人嘛，40岁也不算晚，先照顾好阿金。"她亲昵地拍了拍我的肩膀。

我拿着钱，沉默地走回去。到家时，阿金刚好清醒着，煮好饭菜给我，她问我："你刚刚去哪儿了？"她盯着我的脸，"阿其，你是不是碰到什么不开心的事了？"

我说没有。阿金没有追问，催我去洗手吃饭。我站在镜子前，看见自己的眼睛红了。我没有办法和她解释她的病，即使她知道了，她昏迷后下次再清醒，这些事情她也会忘光。她的记忆被一格一格地掏空，却无法再往其中置装新的记忆，像旱季里的大河渐渐暴露荒瘠的河床。我用力地洗了个脸，以此掩饰自己。

我没有什么胃口，阿金却一个劲儿往我碗里夹菜，催我再吃点。

接连两三天，阿金都清醒着，我以为总算熬过来了，兴奋地和她说打算去找工作，"你以前生病，积蓄都差不多用光了，现在既然好了，我还是得回去工作。"

因为有着不错的工作经验，不到一周，我就找到一份待遇和福利都不错的新工作。那天傍晚，阿金提议说我们去广场附近的一家饭馆庆祝庆祝，我立即答应了。

走到饭店前时，她却突然犯病，而且比以往更厉害，根本不再认识我。

　　她甩开我的手，大骂我是谁。我一边安慰她冷静，一边解释，可她急躁得根本不愿听我说话，只是暴怒地骂我。广场上围观的人群越来越密，我的脸烫得像烧起来一样，听到有人喊"赶紧拨110"时，我急声说我是她丈夫。大家只哈哈大笑说谁信你话，要不是拐卖妇女，拿结婚证来证明。我说结婚证现在在家里。他们声势浩大，"谁知道你家在哪儿，离这儿多远，没结婚证你们就不能走。"我只好去拉阿金的手抱她，我说："阿金，我们回去吧。"她被我紧紧搂住无法动弹，愤怒地一口咬在我肩膀上。我痛得立即放开手，她却不松口，只是用力地咬着。大家笑得更加厉害。一直到警察过来劝阻时，她才放过我。

　　被民警送回家时，我简直气昏了头，我从来没受过这样的侮辱，在厨房里拿着刀子就想砍了她。那一腔血都冲到我头顶上来，有个声音催我去杀了她，而且声音越来越大。我强烈的、强烈的、强烈的恶意，已经快将我自己杀死。我抓着身旁的水果就一阵乱砍，把它想成阿金的身体，砍得粉碎，根本辨别不出她原来的样子。这时阿金拖着腿摸索到门口，说："阿其，对不起。"她像个孩子一样道歉。我丢开刀子，猛地一拳砸在墙上，过了片刻才回头看她。她吓呆了，软瘫在地，小声嗫嚅："阿其，对不起。"我知道，这时的她知道我是她的丈夫，对我产生安全感，仅仅是因为民警和她如此解释。我推开她，独自回到卧室。

第二天，我牵着她去散步，走到郊区的公园时她觉得累了，坐在秋千上休息。我趁她不注意，转身离开，就像书里说的抛弃自己生病的宠物狗一样，把她丢在那儿。次日下午，她像那只狗一样找了回来。她浑身灰扑扑的，饿得很厉害，喝口水也狼吞虎咽，呛得喘不过气。

紧跟着我带她去往另一个城市。她坐在火车站前问我去哪儿，我说："你不要乱走，我去买水，等会儿就回来接你。"她信任地点点头。我去买了张回程票。

我一上车就睡着了，而且做了个很甜的梦，我在梦里像一碗被打翻的牛奶温柔地淌开。

隔了几天，开始有街坊邻里问我阿金到哪儿去了。我说阿金回她妈家住段日子。

又隔了大半个月，弄巷里好管闲事的大妈问我阿金怎么还住在她娘家。我说她病好了不少，最近去徒步旅行了，过阵子就回来。然后我又找了份工作。我打算下个月搬家，住在这种地方根本没有什么秘密藏得住，他们恨不能像嚼甘蔗一样咀嚼每个人，嚼干所有秘密后再像吐渣滓那样一口把它吐掉。

结果阿金母亲找上门来，问我："你把阿金弄到哪儿去了？"

我说："她出门旅游了。"

她恐慌地尖叫，"你是不是杀了阿金？她前些日子根本就没在我家，你为什么和别人撒谎说她在我那儿？既然你不喜欢她，你就应该和她离婚。你怎么能够杀了她？"

正义感强烈的人纷纷站出来指责我，其他人也不停议论，说从来没发现我竟然这么歹毒，他们也说："既然不喜欢阿金，你就离婚，怎么能荒唐到杀人？"他们又问我把阿金的尸体藏到哪儿去了，也有人说："先把他送到公安局再审问。"

这时阿金回来了，她是恢复神志后自己找回家来的。她睁着清醒的眼睛问我："阿其，这是怎么回事，怎么大家都在我们家？"

我说："阿金，我们离婚吧。"她真是一件麻烦的垃圾，当初我应该把她带到更远的地方丢掉，她就不会再找回来了。

阿金的妈妈一屁股坐在地上，用修饰过的号啕大哭，"大家看看，大家看看，他就这样对我女儿，我女儿当初嫁给他时，他信誓旦旦说会照顾好阿金，现在阿金病了，我钱也给他了，他就这样对阿金了，大家给我评评理，我怎么就这么命苦。"

我不去看她，说："阿金，我们离婚吧。"

有个男人立即一拳挥了上来，"你他×的还是男人吗，妻子有病了，说离婚就离婚，一点责任感都没有。"其他人也立即围了上来，粗鲁地拉扯我，狂暴地殴打我。

我在医院住了十天。出院后，阿金被她母亲送了回来。她已恢复冷静，交代我好好照顾阿金。我点头，在门口牵过阿金的手。

衰老和疾病远远没有书中影视剧中描述的那样华丽、光鲜，而像是从内部开始腐烂的水果。

我记得我祖母年纪大了以后，同辈的朋友一个个过世，她失去了所有说话的对象，开始变得越来越沉默。她尝试着对我们这些晚辈诉说，可没人愿意倾听，连听的那个姿势也懒得去伪装。她时常自言自语，身上散发奇怪的疏离的气味。我妈妈给她洗澡出来，不满地抱怨："她子女那么多，为什么就我们家赡养她。外头人还说光养她还不够，还得陪她说话，陪她多走走，让她开心。我的时间都用来给她，那谁来给我时间？"（想想我年少时，父母他们在一旁压低声音说话，说不打扰我学习。我也用这个借口，在我不想说话时抵挡他们。我小时候认为他们专横，他们认为我幼稚。长大之后我认为他们思想腐朽老套，他们认为我蛮横、不孝顺，忘记了他们是我的父母，我们永远没有平等地自由地对话的可能。）她要上街买什么东西时，我父母不耐烦地推脱，就叫我陪她去。那时我没有抗拒的能力，只好迁怒在我祖母身上，我牵着她，故意走得比较快，让她颠着小脚在后面尽力追，她一个劲儿喊我慢点、慢点，可我假装听不见。她如果继续唠叨，我就发脾气说："以后再也别喊我陪你出来了，你自己出来。"她就不吭声了。

　　她被我们推到了世界的边缘，而靠近的另一端即是死亡。我看着那么可怜的她，会蹦出一种很无力的念头，她活着已经只能够给我们带来各种麻烦，为什么不干脆死了算了，就像看到可怜的动物被虐待时，我脑子里也会蹦出这样的念头。我在乎其他人会驳斥我大逆不道、罪恶、无耻、穷凶极恶，甚至我自己也偶尔会被这样突然而至的念头吓一大跳，所以我保持沉默，沉默，沉默。

　　后来祖母过世以后，我偶尔会想起当初她还在世时一些很温馨的细节，比如她避着我那些堂兄妹给我零花钱，偷偷说："你不要告诉哥哥他们。"我父亲的兄妹们也默契地和解了，他们过节时会不时提起我祖母，一阵唏嘘。我姑姑说，1968 年她 10 岁时，老家闹饥荒，我伯父和她抢东西吃，甚至打破她的头。祖母走了百里多路，在另一个县里挖到十几斤野荸荠，她怕路上遇到其他饥民抢劫，就将那些荸荠藏在棉袄下面，像怀孕的女人一样捧着，又走了百里多路回来。寒气野蛮的冬夜，他们一家洗锅的洗锅，烧水的烧水，我祖母蹲在一旁，看着他们把刚煮好的一锅荸荠狼吞而光，把剩下的汤吹凉，喝尽。

　　我祖母的死才成全了她的优秀。

　　我侧脸看着身边的阿金，她的目光正落在公园里其他嬉戏的孩子身上，宁静、柔软。她说："阿其，我也过去玩玩。"我点点头。

她如果也早点死就好了，这样我们曾经快乐的经历才不会被后来一堆堆发霉的日子彻底淹没。我受够了阿金随地便溺，无力地打闹，可不管我如何在心里咒骂反抗，她的生命力却像盛季的植物越发蓬勃。晚上熄灯之后，我的手会不自禁地摸索，经过她用力跳动的心脏，停放在她的脖子上，稍稍用力，就能听见她逐渐粗浊的喘息声。然后在窗外其他人发现之前放开手。

我们的房子现在像是24小时营业商场的陈列橱窗，我买来窗帘也挡不住他们。那些目光每时每刻厚厚地堆积在我身上，仿佛这屋里厚积的永远除不尽的灰尘。

阿金从碰碰车里跳出来，走到出口，眼神穿过我。我发现她又犯病了，不知所措地想要去拖住她的手，"阿金，阿金，我们快回去。"她已经不认得我了，像上次一样猛地甩开我，大声质问我是谁，想干什么。其他人开始打探过来，我惧怕地挥手遮挡他们的目光，"大家别看，大家别误会，她是我老婆，她生病了，才认不得我的。我有结婚证，我还有我们俩的身份证，我不是坏人。"我赶忙扔开伞，哆哆嗦嗦地到怀里去掏结婚证，"你们看，你们看，她是我老婆。"冰凉的雨水跌落下来，飞溅起巨大的水声，淹没一切嘈杂之音。公园像个荒凉的聚满审讯者的广场，只剩我惶惶地站在雨里，无助地打开结婚证，像个疯子一样不停地伸到每个陌生人的眼前，一遍遍为自己反复辩解。

　　这时不知是谁轻轻地干笑了一声，立即有人回应地大笑起来，连阿金也仿佛不知发生了什么事情一样露出笑容。我沮丧地发现，我一切可能的未来已经死在这个女人身上了。我呆滞地站在嘲笑声里，看着那密密麻麻的夸张的笑脸缓缓重叠在一起。我是杀不死阿金了，我唯一能杀死的，只剩我自己。

最微小的，
最重要的

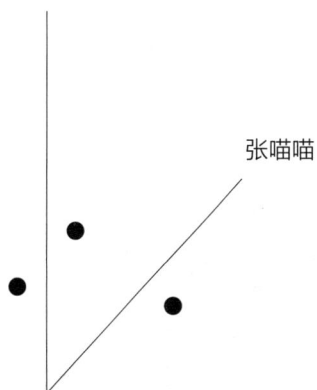

张喵喵

张喵喵

上海最世文化发展有限公司签约作者

一个已经不知道怎么写故事的人。

已出版作品：《假如换来不止黑暗》《爱情是一座荒芜的花圃》《最后一只猫》

一

我认识潘文的时候，他刚混到一个还算出名的展会公司里，专职摄影，有时候也客串一下摄像师。刚好那时候我们公司要办五十周年庆典，老总下达命令，"给我怎么隆重怎么办！"于是，我们整个Marketing都跟打了鸡血似的，一刻也不敢怠慢。联系展会公司一直是我的事，我就赶紧给人家打电话，对方说："没问题啊，都合作这么多年了，还是全包吧？咱们先讨论讨论大概的构想，你们预算多少？大概需要哪些程序和设施？老规矩，先出个整体方案，细节再谈。"

我想了想，说："跟咱们平时给客户做的展会不太一样，五十周年这么大名头从我工作起第一次见，老板说了，纪念意义最大，纪念图册和光盘肯定是必需的吧？所以你得给我找一靠谱的摄影师来，别跟上次客户答谢会似的，拍的全是客户的脸。不拍我们老总也就算了，好歹也别把公司标志挡起来啊，你要是跟人说是相亲会人家也信啊。"

对方满口答应，"您放心，我们这儿新来了一个挺不错的哥们儿，明儿我就叫他去你们公司一趟，你们先聊聊，也让他带些作品给你看看，行不？"

第二天，我跟几个姐们儿正挎着手要去园区食堂吃饭，路过前台就见一个人杵在那儿，戴了个黑框眼镜，小平头，穿墨绿色长夹克和浅色牛仔裤，户外鞋，在个个都身着职业套装的外企写字楼里出现实在看起来很别扭。我们几个打打闹闹着就过去了，等吃完饭回来时，没想到这人还傻站着，前台早没人了。我就多嘴问他："你找谁啊？"

他立马站得特直，把包一拎，挤出一个标准而职业的卖保险的笑容，"你好，我找李瑾，我叫潘文。"

我这才注意到，原来他拎的那包是个摄影包，特别大，搞不好在里面还塞了三脚架什么的。"真巧，我就是李瑾。"我跟他握了个手，"还没吃饭吧？要不我带你去食堂随便吃点，吃完再谈，或者你想边吃边谈都行。"

他爽快地露出一口白牙，"怎么说都行！"

二

我们聊得还挺多的，其实我早吃饱了，又觉得看他一个人狼吞虎咽太尴尬，就买了块巧克力拿在手里吃。现在已经是下午上班的点，食堂早没人了，就我们俩傻坐着，怎么看也不像商务会面，我大概翻了一下他带来的影集和图册，是给另一家公司做的年度销售庆典，感觉问题不大，无论是场面还是各种合影都拍得有模有样，也就放了一大半的心。

"你做这行多久了？"我冷不丁地问他。

他伸出三根手指。

"三年？"我问。

他摇头，"三个月，刚才你看的是我入行以后接的第一份工。"

我直拍桌子，"胆儿够肥啊你。我不是跟你们头儿说了给我派一资深的，资深的！你们那儿你最资深啊？"

"你刚才看了画册不是也觉得很不错吗？"他满脸都写着自信，"我入展会这行是才三个月，可我入摄影这行已经十年了，做过娱乐记者、办过杂志、开过影楼，之前的工作是导游——不好意思，这个跟摄影关系不太大，不过我帮游客拍的照片也编成了画报，有兴趣的话下次见面送你一本啊。"

"OK。"我没有拒绝。

"所以，还有什么问题吗？"他问。

"年会时间定在4月30日，你自己做好准备，我会提前两周再跟你确定具体工作。"我一本正经地回答。

他舒了一口气，"差一点就耽误了我的五一行程！说好要带女朋友去旅行，如果放她鸽子就死定了。"

　　我吃完最后一口巧克力，笑笑地看着他，"好巧，我也要跟男朋友去旅行。"

　　他又把白牙露了出来，"一路顺风哈。"

三

　　五一要去厦门，是年前就和男友阿伟说好的，某天晚上我们窝在租来的两居室里，他坐在桌前加班调程序，而我躺在床上百无聊赖地上网看豆瓣，刚好看到一个友邻推荐帖：发现你所不知道的厦门。我渐渐看得热血沸腾起来，爬过去搂住阿伟的脖子说："亲爱的我们去厦门吧！"

　　阿伟头也没回，眼睛还盯着屏幕上那一堆代码，"想去就去啊。"他说。

　　"那我们订五一的机票好不好？现在订的话折扣特大，双人往返才不到一千五。"我说着已经把订机票的网站打开了。"想订就订啊。"阿伟还是那种无所谓的口气，我怀疑他到底有没有在听我说话。

　　因为第二天，我打电话跟他说，票已经出了，他竟然问我，什么票，电影票吗？

　　"五一去厦门，昨晚订票之前不是有跟你商量过吗？"我委屈地说。

"好啦，我知道了。"阿伟说，"我尽量请假不要加班就是了。"

所以实际上，"我也要跟男朋友去旅行"这句话究竟能不能成真，不到飞机起飞的前一秒可能都不会知道。一路顺风个头，我看着 MSN 上潘文的灰色头像，恶狠狠地骂道。

年会进展很顺利，我一本正经地穿着套装高跟鞋满场跑来跑去指导流程维持秩序，累得快趴下了，好不容易等到全场散光，才一步一拐地往外走，走到门口我看了下表，他 × 的晚上十点半，正是周末难打车的时候，路边站着的全是成对儿的小情侣，我哪抢得过他们哪。正犹豫着要不要拼了老命去挤公车，有个喇叭在我身后响了三声，"李瑾！"

我一回头，就瞅着潘文那张脸了。他开着一辆大切诺基，把脑袋探出窗外跟我喊："就你一人啊？"

我跟看到救星似的冲过去，二话没说拉开后座的门就爬了上去。

"你干吗？"他大概没想到我这么主动，诧异地问我。

"还能干吗，送我回家啊！别想太多，姐今天累残了。"我说着把一只高跟鞋脱下来扔了，挤了一整天，脚底板都快裂了，得赶紧揉揉。

他愣了一下，"我是说，你怎么不坐副驾？直接就往后冲。"

"我可不想找麻烦。"我说，"有主儿的人开车我只坐后排。"

"够自觉的啊你！"他乐坏了，方向盘一打，出了人行道，我跟他说了个大概地址，他还挺熟，说那小区以前常去，有个女朋友就住里面，接送了快半年呢。感情经历够丰富啊！我心里感慨着，这男人单看长相也就普普通通，路人一个，没想到还挺受欢迎。

四

大约是在 5 月中旬，我在公司接到一封快件，是潘文寄来的年会光盘，处理过的视频和照片都在里面，我边把它塞进电脑边想，不知道他的五一假期过得如何？一定很愉快吧？无论如何也不会像我这么凄惨。豆瓣上有人说，相传一起去过厦门的情侣最终一定会分手，是不是真的啊？能给我个以身试法的机会不？不要去都没去就先被抛弃了成吗？

4 月 30 日的晚上，我正在家收拾行李，阿伟竟有点反常，也来帮我一起收拾，而且还把他一个很久不用的大旅行箱拖了出来，抓着凡是他的东西都往里塞。我正纳闷着，出门五天有必要跟搬家似的吗？他突然停下动作，看了我几秒钟，对我说："咱们分手吧，收拾完我今晚就搬走。"

说什么呢你？我真想拉住他问清楚，对我哪儿不满意啊？是不是喜欢上别人了？从大三到他硕士毕业，再到工作两年，我们在一起六年了，哪儿不满意怎么不早说啊？

可我最后什么也没问，阿伟就是这种人，喜欢把什么事都憋在心里，问了他也不会说。与他在一起，其实我也很累，而且他一旦决定什么事情，恐怕就算我现在吞药割腕自杀都没用了。

他走之后，我的脑袋空空的，觉得这屋子怎么这么安静啊，太安静了，受不了，我得把电视打开，还得把音箱也打开，最后连收音机都开了。我又觉得饿，去厨房煮了两袋方便面，还打了两个荷包蛋在里面，就放在电脑桌上捧着吃。电脑太大，他说明天再来搬，我边吃边看着显示屏的框框上贴着的大头贴，他的表情不是冷冷的就是酷酷的，而我就跟个花痴似的把脸贴在他肩上。

真他×的傻！对着泡面哭了一会儿，我把大头贴全揭下来撕了，又把钱包里的合影也拿出来撕了，还有什么？电脑里的照片，要按Shift+Delete吗？手一抖，也就几秒钟的事。

呼。虽然几个音箱正一起轰炸我，我还是觉得整个世界清静了。

五

　　再次见到潘文是在一间餐厅，姐们儿给介绍了一男人，我刚刚约见完，根本不靠谱。金融业，给人做投资的，仗着挺能赚钱就拽得一屁，说让我点菜，我点完了他跟批改卷子似的，一样一样告诉我这道菜哪里不好，吃了会得什么病，最后全盘否定。我说："你到底想吃什么啊？"他说："这里的菜都太油腻了，不够养生，不如我们换一家吧。"说完就站起来准备替我拉椅子。我死死地坐着不肯动，对他说："不如你先走吧，我跟下一位也约在这儿，我打电话叫他早点儿过来就行。"

　　这人扯起围巾甩着手就出去了，大热天还戴围巾，也不怕闷死。

　　我愁苦地坐了一会儿，一点食欲都没了，也打算拎包走人，却看到潘文推门进来，带着一绷着脸的漂亮姑娘。我当然不能打招呼了，不过也来了兴致，干脆就又点了杯饮料，远远地偷窥他俩。这两人坐下还没十分钟，姑娘接了个电话，拎着包就出去了，把潘文一人晾在那儿。我以为她过会儿会回来，结果还真没回。

　　我正偷着乐，突然手机响了，潘文打来的。"看够了没？看够了就过来坐。"他说。

　　我刚坐稳，他便端出他巨大的相机，"咔嚓"给我来了一张。"干吗

呀你！”我吓坏了，忙捂住脸，自从撕了那些照片之后，我对拍照这事

儿有点过度敏感。他把镜头盖合上，笑眯眯地看着我，“小姑娘长得挺

不错啊，还怕羞？”

“滚。”我拿杯子泼他，反正杯子里没水。

“别啊，我刚失恋，脆弱着呢。”他叹了口气，拉开一罐啤酒，一口

气喝完，把易拉罐给捏扁了扔桌上，“你笑什么？”

没错，我现在笑得特欢，我也不知道为什么，大概是这世界上多了

一个失恋伙伴，实在是可喜可贺。虽然我都失恋好几个月了，也把阿伟

差不多忘干净了，但情绪上始终还没从低落里走出来，大有一种“看你

倒霉我高兴”的心态。

一罐喝完了，他又拉开一罐，“还没问你，在这儿干吗呢？”

“相亲呗。”我实话实说。

他一口酒喷出来，“相亲？你他×不是五一刚去蜜月游？”

“滚蛋，还有脸说我。”我也随手摸了一罐啤酒喝起来，“你不也一样？”

“这还不是我上次说的那一个。”他自嘲地笑笑。我看出他其实挺难

受，便也不再说什么，跟他碰了个杯，接着你一口我一口地一直喝着，

等发觉时天已经黑了。潘文喝得脸通红，用手托着腮撑在桌面上，“你

酒量还真不小。”他舌头也大了，“啤酒没劲，改天咱们喝白的去。”

“你今儿没开车吧？喝成这样还开个屁啊。”我说。

他觍着脸，"换你送我。"

别这么老土行不？我可不想安慰一个失恋的寂寞男人安慰到他床上去了，最多送到小区门口！可看他歪歪倒倒的样子，我就行行好，送上楼吧，坚决不进门。我是这么想着的，可怎么一不小心就坐在潘文家马桶上了……原谅我，尿急，憋不住了。既然借了人家的厕所，是不是就该顺便给人烧壶开水泡个茶什么的？那干脆再替他脱个鞋，把被子盖好，泡好的茶放在床头柜上，夜里醒来爱喝就喝不喝拉倒。

好，就这样。我轻轻带门，走了。

第二天，潘文在 MSN 上闪我。

P：昨儿你没对我做什么吧？（委屈的表情）

L：就做梦吧你。（杀猪刀）

P：可惜了。什么时候再去喝酒？（干杯）

L：白酒我可是一沾就醉。（恐惧的表情）

P：大不了，我干杯，你随意。

我心里轻轻一动。没来由地，把这段对话截了个图，保存在文档里。

六

渐渐地，我大概掌握了潘文的作息规律。他大概是不用坐班的，所以上线时间一般是早晨十点至十一点之间，中午常常不吃饭，或者守在电脑前吃快餐。下午两三点常常会出门，见客户或者开项目会，早的话五点左右返回，晚的话可能就有饭局之类的，直到十一点之后才会出现。

与他聊天渐渐地变成我每天的最大……乐趣。可以厚着脸皮这么说不？就是跟他聊得来。我常常喜欢说一些很冷的话，可能是某部非主流电影的台词，或者极其无聊的笑话，又或者是小时候周围曾出现过的一个流行语，总之就是说给别人听，人家都会觉得莫名其妙那种，潘文却偏偏能听懂。有时候他话兴大发，给我讲一些他小时候很窘的事情，我都会惊呼：没错！就是这样！怎么会这么像，我们当年该不会是邻居吧！

几乎所有话题都能聊到一起，当然也会聊感情啊，他常跟我抱怨"我他×的虽然女朋友比较多，但对每一个都很专一啊""下一个到底在哪里等我"，这大概是我们唯一聊不到一起的话题，因为我会紧张，常常不懂得该如何回复他。最多跟他说："急个屁啊，总会有下一个啊。"

有一次他说："李瑾，我觉得你特了解我，我都把心里那些变态念头跟你说了你还不嫌弃，胸怀真够宽大的，要不咱俩就凑合凑合？"

成啊。要是我当时是这么回答他的就好了，可我只是突然胆怯起来，心里分别默念十遍"他一定是开玩笑""唬人呢别上当"，逼着自己截图，下线，上床睡觉。躺在被窝里，我想，不知道会不会有一天，我发现我的文档里塞满了我截的图，各种暧昧，各种调戏，各种心有灵犀，可他却已经跟下家的下家的下家结婚了？

可我他 × 的就是尿啊，我就是不肯承认自己已经喜欢上了这么个人，他哪儿好啊？我都说不出来。

七

L：我想买台相机。

P：这个必须得哥哥我给你推荐啊。（花痴的表情）

L：可我不懂摄影。（抓狂的表情）

P：会按快门不？会就成，我给你挑一傻瓜的。

L：傻瓜的拍出来不好看吧？

P：少废话，我选的你还不放心？会对你负责的。（抱抱）

L：滚。

过了几天，我收到潘文寄来的包裹，打开一看，是一台四四方方的黑色小相机，机顶印着白色"Nikon"的标志，还有几个彩色小纸盒，我研究了一下，不会用，打电话过去问："你给我寄了个啥？我怎么找不到开关？小盒子里装的啥玩意儿？"

"相机啊！有电池，胶卷装进去就能用，快门找到了没，右上角那银色的按钮……"

"靠，胶卷的啊！"

"没错，厉害吧，你不是说要拍出来好看吗？胶卷比数码强多了，不信你试试。我先忙着，晚上 MSN 说，拜拜！"他说着就给挂了。

我又研究了一下，是傻瓜相机没错，可是我连胶卷都不会装啊。算了，百度上搜个教程，自己学吧。我鼓捣了半小时，终于，看起来，好像是，装好了。

"啪"，迫不及待地对着办公桌先按了一张，快门轻飘飘的，听着一点感觉都没有。我觉得有点无趣，把相机塞进包里，想了想，拿了把剪刀，把快递包裹上的单据剪下来，和撕破的胶卷盒一起塞进抽屉。瞄了一眼，这个抽屉里现在放着一张名片、一张光盘、一本画册、一个易拉罐拉环、一张他拍的我的照片，加上刚才这两件，一共是七样，都是来自潘文的。

晚上，我和平时一样吃饭洗澡做面膜，边看网页边等潘文上线。快十一点的时候，他来了，我还没说话，他就迫不及待地闪我。

P：下家找到啦！（幸福的表情）

L：什么下家？

P：你懂的，哈哈哈，而且这人你还认识，是你同事。

L：说什么呢，你又看上谁了？

P：周雅。

L：……

P：可我不知道她什么意思。

L：……

P：你帮我打探下呗？

L：……

周雅是和我同一个组的同事，潘文和她是在上个月的一次产品展销会上认识的，潘文似乎很喜欢她这个类型，周雅也不太拒绝，很快他们在一起了。其实我也不知道现在这样算不算在一起，因为周雅是有男朋友的，我不了解她到底怎么想的，但潘文陷得挺深，周雅这个名字越来越频繁地在 MSN 的对话框里出现。我是该强撑着陪他聊关于她的一切，还是该立刻关机消失？如果有人能帮我做决定就好了，因为我既无法强撑，也不敢消失，我只能抱着枕头默默地看着屏幕，看他接连追问我"人呢？""死哪儿去了？""快滚回来""再不出现我要去睡觉了"，一直等到他的头像变黑，我才敢拿起鼠标，神经质地截下刚才他呼唤我的图。

果然只有面临失去才会恐慌吧。之前我都在干吗？认识他的这段时间，我与他吃过两次饭，喝过一次酒，办过一次年会，逛过一次书店，他开车载过我一次，我送他回家过一次，除此之外的其他时间我他 ×的都在干吗！聊天有用吗？他都说过什么话，恐怕他自己都不记得，除了我还有谁会在意那些微妙的东西。

八

自顾自地颓废了一个多月，我开始厌烦自己了。喂！和六年的男友分手都没见你这样，至于吗？没错，我干吗这么在意潘文这家伙，不如把相亲重新搞起来才是。这世上多的是剩男剩女，找相亲对象当然比找终身伴侣要容易得多。

最近见面的，有看起来很白痴说话却逻辑性很强的数学老师；有刚下班穿着制服就来赴约的警察；有和我一样打扮，穿职业西装打领带的外企职员；有还在读博的物理天才；有长相敦厚踏实对人却不是很诚恳的国家公务员，还有各种皮包公司的小老板。总之，姐们儿挺神通广大的，各行各业都有门路。我随身揣着潘文给我的小相机，每见一个人，都要求给人家拍照留念，人也都挺配合，除了那位警察同志觉得有点别扭，"我们每次抓了犯人都得给他拍照。"他如是说。

潘文曾经说，一卷胶卷大约能拍三十六张，拍完了之后他会帮我处理。

我觉得，我还是想见他的，除去拍办公桌的那一张，我要再拍三十五张照片，全是我相亲过的男人。特帅的做法就是把胶卷甩给他，豪情万丈地对他说："我曾尝试过这么多人，可还是忘不掉你"……他搞不好会感动死。

这犯贱的想法全天下只有我一个人知道就好了。

每年 10 月，公司都会举办一场大型的客户答谢会，地点一般都定在一些旅游胜地，今年是在三亚。在出发的前一晚，我突然接到潘文的电话，"明儿你会来吧？"他语气兴奋。

我尽量保持镇定，"去哪里啊？我明天一早飞三亚。"

"是啊！我就在三亚啊！"他说，"之前跟你们公司定的那个摄影师的老婆刚生孩子，所以公司今天一早就把我给弄过来了。这儿真

他 × 的热！”

"生孩子真会挑时间啊……"

"明天你几点到，我去机场接你吧？"

九

我本来没当真，有些事你一旦抱了希望，万一落空会显得太凄凉，所以早晨起床随便刷牙洗脸，连妆都没化，想着如果三亚真如潘文说的这么热，那化了也白化，下飞机就得融了。在飞机上看了会儿杂志，水也没喝，一觉睡过去，再醒来发现已经快要降落到地面，周围全是手机开机的声响，我也就开了。一条移动给发的三亚天气预报，另一条上写着："我在 2 号出口，你下了电梯就能瞅见，赶紧的拿行李别耽误。"

还真来了啊。

下了飞机我就直奔厕所，尿急。是，一紧张我就尿急。尿完出来对着镜子瞧自己，面色昏暗，头发乱七八糟的，太久没说话，口气也不是很清新，他 × 的，爱使人胆怯是真的，从前也没觉得自己形象这么差劲。

潘文穿了一身很夸张的"岛服"在出口的栏杆外面趴着等我，相机拿在手里甩啊甩的，看到我立刻摆好姿势拍了一张，吓我一大跳，导致我之前的扭捏和羞涩一抛而空，直接骂他："白痴啊你，来观光的吗？"不得不说，连骂他的时候我心里都含着笑意。

"我怕不够显眼你找不到。"他把相机揣进怀里。"走吧，车在外面。"

"你开车来了？"我问。

"当然是公司租的啊！"他一副受惊的表情，好像画外音是"你怎么会这么傻！"我猜，如果我直接告诉他我对他有兴趣，那他只需要把现在这张脸拷贝一下再拿来用。最好把这表情拍下来，我把手伸进包里，摸摸我的小相机，算了，不是说好要先拍完一卷吗？时机未到。

专业地说，会议进行得很顺利，拥有一大片私人沙滩以及无数个游泳池的酒店阔气到不行，无论是傍晚的 BBQ 还是饭后的乐队演出，都让客户好评不绝，行吧，我算圆满了。

可不专业地说，这一整天，我的视线都没怎么离开过潘文。

他出去了，他进来了，这么热的天他丫的还人模狗样地套着白衬衣，好笑不好笑？

他守着摄像机呢，嘿，换位置了，站这么远，能拍得着舞台细节吗？靠，镜头什么时候转过来对着我了？我忙故作镇定地低下头来咬吸管喝饮料，仿佛能感觉到他躲在取景窗后面的那张脸，上面挤满了捕捉到什么蛛丝马迹的得逞笑容。

差不多刚过九点，一直吵吵嚷嚷个不停的客户们终于觉得累虚脱了，渐渐结伴回房间，乐队的演奏也由之前激情澎湃的金属摇滚换成了一首接一首的抒情歌曲。《新不了情》《月亮代表我的心》……煽情是吧？煽，使劲儿煽。

眼看还有个别聊得欢的客户不肯离去，我也就不着急做后续工作，去吧台端了杯红酒，偷闲地找了个地儿坐下，安静会儿。

废话，我当然知道潘文在后面不远处，能不知道吗，别说现在零零散散的就没几个人，就算是人山人海，跟旅游旺季的南京路步行街一样，你喜欢的人突然出现在你附近，你的小宇宙难道感应不到？感应不到那是你的问题，总之，我现在的雷达探测器可精密了，精密到快让人发疯了。

"嘿，一个人喝啥闷酒呢？"果然，没多久，他出现在我身侧，嬉皮笑脸的。

"我……要你管。"我内心挣扎了一下，最后还是没好气地说。

他粗枝大叶地毫不在意，伸手拽我起来，"这儿有什么意思，酒店你住得少？演奏你听得少？咱们该去沙滩溜达溜达，那儿才叫美呢！"

我："……"没法拒绝。

十

海边已涨潮。早晨分明记得是在海平面开外还有几十米的一个守望塔，现在已经被淹没在海水里面，沿着它的底部系住的一条救生绳漂在海面上荡啊荡，荡得人心里面先是乱乱的，接着又随着一波缓过一波的浪潮，逐渐平和，安静。两个人瞎走了一会儿，累了，并排往沙滩上一倒，双腿叉开坐着，哥们儿似的，谁也没顾形象。潘文热得早把衬衣上面几个扣子解开了，海风吹着，他的胸怀就这么敞开来，可惜不是对着我。

天空很暗，但四周并不暗。

没多久，他打了个哈欠，酝酿着要开口说话，"跟你说，我和周雅……"

"不要听。"不知是哪里冒出来的勇气，还是一念之间的情绪，一直盼望有各种话题来延续关系的我，竟然冷冷地拒绝，并迅速堵住耳朵。

他显然也没料到我这个"树洞"偶尔也会有关掉不给用的时候，明显地一愣，接着哈哈大笑起来。"拽个屁啊你。"他推我一把，"不听拉倒，我还不乐意说呢。"

一阵沉默过后，他又沉不住气起来，变戏法似的不知从哪里弄出来个小扁瓶子，在一旁使劲儿搔我。我瞪着眼睛扭头去看……"二锅头？"

我愕然，"变态啊你，大热天喝这个，不怕中暑？"

"吃海鲜本来就该喝烧酒啊！"他一副小人得志的样子，"刚才饭局上你可吃了不少扇贝什么的，还喝了两大杯可乐对不？我可都看着呢，哼哼。那样吃，也不怕得肠炎。"

"肠你个头。"我没底气地低下头，因为被偷偷注视而脸红。

他拧开瓶盖，递过来，"这给你，我这儿还有。"说着，又变出一瓶来。男人穿的裤子不那么紧绷就是实用啊！我默默地接过来，心想，你当是拉个易拉罐这么简单呢？"啪叽"一声脆响，一堆气泡沫沫喷着，我华丽丽地仰着脖子喝……这可是56度的牛栏山啊。

"这味儿太冲，我真不行。"我实话实说，"至少得有瓶白水什么的兑着，你该不会连饮料都随身带着吧？"

"还真没。"他耸耸肩，自己先对着瓶子抿了一口，随后想起什么似的，掏出一小东西塞到我手里。"有这个行不？"他笑。

展开手心，一颗被捂得软绵绵了的大白兔奶糖躺在那儿，幼稚得一塌糊涂。

海岸风口，两个喝晕了的人，不想靠在一起都没办法，因为单个儿坐着撑不住。

"啊啊啊啊啊啊啊啊啊啊！"他捶着腿乱叫。我比较厹，从以往的经验来看，喝傻了之后除了会笑就是会吐，没别的了，现在还处于傻笑的阶段，边笑边打了个饱嗝儿，一股酒精味儿，冲得我头疼。

"李瑾，你不行啊，不豪迈，才喝下去不到三分之一，瞧哥哥我，快见底了啊。"潘文眯着眼睛说。

"嗯，我不行，嘿嘿。"我悠悠地晃着上半身，有意无意，又靠紧了他一点。

他一把揽过来，"想靠就靠呗，扭捏！"

十一

用脚趾头想都知道，我很快就不行了，白酒上头后劲儿大，本来坐着觉得没太大事儿，一站起来恶心得天翻地覆，吐了人家一沙滩，一个浪拍过来，全给冲海里去。继续吐，继续冲，潘文左手拎着两双鞋，右手扶着我，陪我光脚踩在凉凉的水里。

"这个醒酒方式不错吧？我前前前前任女朋友教给我的……我刚才说了几个前？"他倒惬意得很，开始缅怀过去了。

"滚。"我喉咙直犯酸，只骂出一个字。

他坏笑地看着我，貌似还想说点什么，但最终什么都没说。

"上来！"他看我吐得差不多了，便在我面前蹲下。

"干吗？"清空了胃里的酒精，我已经稍稍有点清醒。

"背你回去啊！快点儿别废话，他×的浪都把我屁股拍湿了。"他催促。

我什么都不愿意想了。

从沙滩到酒店大堂，短短十分钟不到的距离，我什么都不愿意再想了。他的背，在伏上去之前我曾有片刻的犹豫，但百分之九十，是满得快要溢出来的喜悦跟难过。没错，混合在一起的这两种情绪很难搞，但其实难过更多。潘文，他有过太多太多的女朋友了，我算什么？他现在很喜欢的人是周雅，就算她有男朋友，他还是一样喜欢她，我算什么？

爱人的背总是很暖。皮肤的温度透过一层棉布散在我的脸上，使它更烫了。大概是最后一次亲密接触了吧……如果这段沙滩再长一点，那就好了。

"潘文。"我装作还很糊涂，念他的名字。

"嗯？"他把耳朵侧过来。

"……好好跟周雅在一起吧……"我念叨。

"说什么呢你？"

"不是很喜欢很喜欢吗，别换了，好好在一起吧……"

×的，我发誓我没哭，但是眼睛热极了。

第二天，一起去机场，潘文的飞机比我晚一个小时，送我到登机口，时间还没到。"还恶心不？"他问。我摇头，努力笑笑。他嘴一咧，"干吗啊？笑得比哭还难看。还记得昨晚的事不？"

"哈？"我把视线转向别处，"啥事，喝酒呗。"

"我是说，你趴我背上说了好多话呢，自个儿还记得？"他也不看我，眼光沉沉的，看着手中的机票。

我一震。

"胡说吧你，我啥时候说话了，我不是直接睡着了吗？"仿佛很怕被窥探似的，我撒谎。

"梦话？"他笑得有点自嘲，"梦话就梦话吧，我听了，也……打算照办。"

我又是一震。

从包里掏出他送我的小相机，我像是下定了决心似的，举起来，"我……给你拍个照吧。"随着微微的、若有似无的一声轻响，快门开合，我想，他最终还是作为一个过客被我留在了胶片里，而我们的关系，也该到此结束了吧。

十二

10月余下的十几天里，我过得浑然不知滋味。我把潘文的 MSN 删了，又端着手机通讯录看了半晌，他的电话号码怪怪的一点都不顺口，这样最好，删了也就记不住了。也许有人会说，有必要这么做作吗？想要忘记一个人，根本不需要做这么多表面的功夫，只要内心强大，没有什么放不下的。

可我他 × 的内心不强大啊！

我必须要借助外力……可笑的外力来强制。潘文的 MSN 和电话，我其实抄在了一张纸上，而那张纸，也被我丢进办公桌底层的抽屉里去了。抽屉里的九样与他有关的琐碎物品，还有隐藏在文件夹里的那一张张截图，都载满了神经质的我，对他的那些微小而重要的记忆，我一度认为它们珍贵无比，到现在想法也依然没有改变。

名片是初识，画册是了解，光盘是联系，易拉罐拉环是重逢。

快递单上有他潦草而随意的字迹，胶卷盒上有他贴的彩色标签，而那张照片，是他眼中的我，惊恐而矜持的眼神，一点都不温柔。

还有一颗瘪瘪的大白兔奶糖，那晚无论醉得多么头痛，也一直紧紧攥着，它黏在我的手心里，差点融化了。一切都短暂而美好，只是我觉得，已经没有再拾起来的必要了。抽屉关上，钥匙逆时针转一百八十度，拔下，丢进垃圾桶，完成。

这告别的仪式，完成了。

11月底，在公司的邮箱里收到潘文的邮件。标题是"你死哪儿去了？"，没有正文，附件里还是一张照片，他在三亚机场给我拍的。和上一张在餐厅里拍的感觉微微有点不同，虽然我依然是一脸的意外跟惊吓，但眼神里多了那么点……怎么说，算是欣喜和温柔吧。

我有说过吗？以前从来没有人到机场接过我，他是第一个。除了我爸，也是第一个背我的。巧合吗？还是我的人生经历实在太少？哈，不想了，就这样吧。

刚好，同一天晚上我又去相亲，这次的相亲对象是一家竞争对手公司的销售工程师，无论是穿着打扮还是气质谈吐都忒不错，特会找话题，从餐前饮料一直吃到饭后甜点，我发现他不但说话温柔，而且还很绅士，不禁深表满意。只是不知为何，小心肝儿已经不再像当初与潘文彻夜聊天时那样，整晚整晚地嗵嗵乱跳了。临告别时，我照例拿出那台小相机留影，结果却发现快门始终按不动，银色按键旁边有个红点之前从没亮过，现在却一直闪啊闪的，什么意思？

"可能是胶卷拍完了？""模特儿"想了想，提出猜测。我回头思索，掰着指头数了半天，觉得还真是，差不多见了有三十多个人了吧？真神。

"真的，该拍完了，哈哈。"我说着，想都没想，抠开了后盖。

"别啊……"他想阻止，可是已经来不及了。

原来，这该死的小相机，是不会自动倒卷的。我怔怔地看着因为暴露在明亮的餐厅吊灯下而瞬间变得发黄的那堆底片……我连最后一次去找潘文的理由都没有了。就像不能倒退的时间一样，认识他、暗恋他、告别他的这段记忆，已没有可能通过冲洗和曝光等我本来就不懂的技术，重新再变得鲜活了。

"你没事吧？"对面那人紧张起来。

我捂住脸，努力想要平静下来，最后还是不争气地，哭了。

只是当时

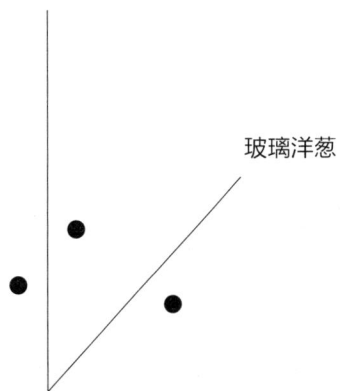

玻璃洋葱

玻璃洋葱

作家。

一个老游击队员。

已出版作品:《云深处》《长日无尽》《躁动的，沉寂的》

一

"开玩笑！真的要走回去？"

末班公交车抛锚，小泽被司机从大片黑烟中赶下车。荒郊野外，连过路的的士都约好了一起消失。

手机没电了，看不出几点。城乡接合部的路灯十几米才有一盏，到后来只有郊外零星的野火做伴。

"如果不是为了南学长，何苦受这个罪？"看着远处草地里墓碑的轮廓，小泽心里百味杂陈。

想起第一次在 Hip-hop 表演中看到舞台中央的南学长，从追光灯后走出来甩掉礼帽，逆光的轮廓像用金线工笔描了一遍，笑容自信得让人无法逼视。"啪"的一声，她听到内心深处的灯泡碎掉，同时决定，由南学长负责的社团她是非参加不可了，即使只是打杂。

没想到加入社团半年了，到现在为止居然真的总是被人支来使去，干些打杂的活。与其说没有存在感，还不如直接承认资质太差，跳出来的舞步只能娱乐社员。

当然，南学长从来就不在嘲笑者的队伍中。今天是他第一次正式拜托小泽为社团的舞蹈比赛买演出服装，所以即使害得她半夜三更在坟地里暴走，小泽仍然觉得被信任是个好的开始。

也不知走了多久，直到微弱的火光全在背后，黑暗中隐隐只听到狗吠。拎袋子的手指早就麻了，塑料绳好像两只蚂蟥死叮着手心。小泽目不斜视，闷头苦走，如果墓地里真要冒出什么……

其实小泽不怕夜路，很久以前还曾经微弱地期待这样潮湿有雾的节气，明明灭灭的灯火，能和谁一起握着手走这样的一段路。这个"谁"其实不是南学长，这样的路其实也真的走过，只不过那时，握得太紧太久，错过了放开的最好时机。

二

阿万面前有一盘猪排饭。猪排上面有很多洞，那是他用筷子戳的。心里好像也有很多洞，不知道是谁戳的。

昨天在医务室值班，看到小泽脸上青一块紫一块的来领红药水，明明看到他，却躲在前面人的背后，装作不认识。等她排到前面，阿万一个箭步跳出来，"你干吗？跟人打架啊？本来长得就不好看，毁了容更嫁不出去，给爸妈添麻烦！"

小泽吓了一跳，脸色更加尴尬，简直涨成猪肝色。一边说"哎呀，我忘了五分钟后就要上课"，一边扭头就走。阿万坐了十几分钟，越想越不对，拿了红药水走到小泽的寝室楼下喊她的室友把药水带上去。

"昨天我们可是吓坏了，那个抢她书包的人也不知哪根筋搭错，书包抢不下，把小泽的人都拖到路当中，要不是附近小卖店里的人听到声音，真不知道后果会怎么样……"

"那么晚，她一个人去那么偏的地方干什么？"

"说是社团派她出去采购服装，回来时汽车抛锚拦不到的士，才想走回来的。"

"回不来也不知道打个电话让你们去接，果然还是一点儿脑子都不长啊！"

"好像因为衣服尺寸问题和他们社团学长打了很久的电话，手机都没电了……"

阿万听得有点儿僵硬，谢过室友，慢慢走去小泽上课的教室。初春暖风拂体，他却觉得烦闷不堪。这一路一半抗拒一半急切，期期艾艾地走到教室，从后门的玻璃窗看过去，小泽果然坐在倒数几排的位子上睡觉，嘴巴像鱼一样张成O形，压迫着书本。右边扔着那个劫后余生的书包，正是那年生日，从阿万的肩上移到小泽的肩上。

　　"我没有钱给你买礼物啊，要不我这儿你随便拿个喜欢的？"
　　"真的？随便什么？"
　　"还用想？不如把我顺走。年轻力壮，老少皆宜，居家旅行必备！"
　　"一顿吃三碗饭，顺走你浪费粮食！我要这个。"
　　"背包？"
　　"我觉得我背比较帅。"
　　"什么啊，那么旧，都脱线出洞了……"
　　"现在流行复古嘛。"

　　除了背包，她从他这里还拿走过一件外套、萨冈的一本书，以及一只便携式烟盅。都是他用旧的，喜欢的东西。但送给她没有一点儿不舍。

　　迄今为止，答应她的事情也算全部做到。
　　包括，挨过严冬，在初春最温暖的那一天分开。

三

社团毫无悬念地通过初赛，当然还是小泽负责把所有的演出服收好送洗。虽然不是什么急事，但只要是南学长交代，小泽就算天崩地裂也要赶在这之前把事情做完。

宿管阿姨收了洗衣费就万事大吉，继续守在 9 寸电视机前看台剧。小泽一个人在走廊尽头的洗衣房盯着唯一一台洗衣机发呆，灰色的漩涡打出一些洗衣粉泡泡，里面有人在聚光灯下倒立手转，有人坐在排练室喝其他女生递来的汽水，有人笑眯眯地对她说："你跳得还不错，就是不够努力……"其实那些人都是一个人。然后轻飘飘的泡泡挨个儿在眼前破裂。

"小泽，吃饭了吗？这个给你。"

南学长无论何时都是一副笑眯眯的样子，突然从肥皂泡里走到面前，小泽还是吃了一惊。

接过来的是一个小小的纸盒，里面有块蛋糕，草莓上的糖浆看上去马上就要滴下来。

"这个是……"

"我生日。"

心里早就猜到，嘴上还是别扭地说："真的？"话一出口才觉得自己实在弱智，难道不应该大方地说"生日快乐"？

还没等小泽天人交战完，南学长已经微笑着走开了。走廊到门的空间逼仄阴暗，她看到他迎着光一路跑过去，尽头依稀是很好的太阳，风里树影横斜。

"我看还是不用了，一块蛋糕而已嘛，反正大家都有，说不定人家就当顺水人情给你。"

阿万话一出口，才惊觉自己像发了酵，浑身酸意。不知道第几次有意无意地等在小泽上课的教室外，等铃声响又装作偶遇从她面前走过，还非要让她先打招呼，没想到对方的话题仍然是南学长。"什么时候关系已经近到要送生日礼物了？"

"每次都这样……你就不遗余力地打击我吧！"小泽看他一眼，继续快步走起来。

自从室友把最近小泽拼命接近南学长的事告诉阿万后，他发现要克制自己的刻薄语气愈发困难。虽然当初提出分手的是他，要别人好好过的也是他，但事到临头才发觉原来自己其实小气得可笑。

"嗯……我觉得送药油也不错，最近他练舞做了很多高难度动作，软组织都有伤。"小泽好像根本没注意到他的表情变化，歪着脑袋好一会儿，灵感突发。

其实小泽也不是烦恼究竟该送什么，而是到底送不送礼物。虽说蛋糕可能只是公众福利，每年收礼物收到手软的南学长也未必能明白小泽的心意，但她觉得明不明白、喜不喜欢，那些都不是问题。

"那问题是什么？有问题的是你吧！总是还没交往就把围巾往人家头上套，便当、电影票什么的也源源不断地送过去，怪不得老是被甩！拜托女孩子把自己扮得悬念一点儿，不要这么直接好不好！"

话说出口阿万才发觉有点儿伤人，而且也不是第一次这么一触即发。

想起以前，他最看不惯的就是小泽这种不计后果的做法。比起讨厌，也许更多的是怕。他深知她这种丝毫无所谓自己付出多少的性格，在对方看起来却是沉重又浪费，而且到头来姿态放得太低，受伤害的永远是自己。只不过当时让她哭的人是他，所以歉疚下更难忍受她重蹈覆辙。

这次，小泽没有反驳，只是一声不吭地站在那里。一时间，两个人之间的空气凝结出一些冰碴子。

"谢谢你的好意，我明白了。"

良久，小泽木着脸大跨步离开。听上去怎么也不像是觉得"好意"的语气。

那么多年了，她还是一点儿没变，一点儿不长进，固执得像头牛。

"真是无药可救！"阿万生起气来，又觉得很闷。说起来，现在的他，又有什么生气的立场？

小泽走到教室外，隔着玻璃看教学楼里面皱着眉的阿万。其实还有一句话她没问："你是不是在关心我？"

四

明天就要决赛了，时间已经超过零点，请来的老师还没有结束的意思。小泽盘腿坐在墙边，看着周围满地的塑料饭盒、不慎翻倒在地的饮料，等学长们排练完还得打扫收拾，不知要等到几点才能回去睡觉，不过表演的人都没歇，自己怎么可以叫苦叫累？

房间里空气不好，待久了觉得气闷，一边的领队老师还在絮絮叨叨着臆想出来的意外，小泽不只赔笑还得应和，嗓子眼儿渐渐要冒烟。趁老师不注意，她偷偷地溜出去，爬到排练室外的天台上。

原来外面那么荒凉啊。小泽望着没有一颗星星的宽广的天空，打了个寒战。

天台的角落常年搁着一整面碎裂的落地镜，也不怕别人撞到划伤。小泽走过去，看了一会儿镜子里的自己，然后举起手，竖起中指和食指，自额前利落地划出去。

果然还是南学长做这个动作比较帅呢。小泽垂下手，在心里叹气。

表演结束也好，和女生打招呼也好，包括那天，收到自己的礼物和告白信，对话结束，南学长总是以这个动作收尾。

但是两天过去了，南学长没有任何反应，如果不是看到社团里那些女生敌对的眼神，小泽几乎认为表白这件事也是她自我嫁接到现实里的梦境。更让她心惊的是，那天的南学长压根儿没有作为被告白者的惊喜，甚至连意外的表情也没有。是他已经知道还是大众情人对这种小儿科的桥段早就身经百战见怪不怪？小泽在心里一块很小很小的地方默默地祈祷是第一种，这样的话，她的努力也不算白费。

"一起吃饭，晚上想借你的笔记。"最近阿万不知何故消息也发得勤快起来。

"一般男生做这个动作是什么意思？"小泽想要验证自己的想法，正好问他。

"故意摆 pose 啦，现在谁还用那么老土的方式打招呼啊，做作。"阿万问她喜欢南学长什么，得到的是这个回答，不由得失笑。

小泽说出来也觉得自己太肤浅。南学长是个温柔的人没错，对朋友也好，对女生都好，几乎从来没见过他发脾气。社团遇到再严重的问题，包括一度面临解散的危机，最终都被他用毅力和耐心解决。即使对她这样看起来总会给人添麻烦的家伙也总是投以微笑和鼓励，丝毫没有任何敷衍和不耐烦。

"哪里像阿万，总是一副千错万错都错在小泽你自己身上的论调。连交往后也是冷嘲热讽，太打击人了。难道一天不毒舌会死，说说好话会死啊，真是的！"

又想到阿万。不过就算现在还对他讲负气的话，她也知道这只是习惯性行为。不知从何时起，她不再考量也很快就会忘掉他的任何论调。

胡思乱想间手机振了两下，以为是叫她回去，打开却是没见过的号码——"想当第三者也不掂掂自己的分量，小心点儿！"

原来平凡如她，也可以遇到狗血偶像剧剧情。

继续坐回领队老师身边，他的话却一句也听不进去。前辈们仍旧跳得很认真，但这次她没有再注视南学长的勇气，因为她知道排练镜里有另一双眼睛在盯着她。

是永远不记得名字的社团经理。别人茶余饭后的谈资。南学长的女友。

"喜欢一个人可以，但你为什么总是选择最笨的那种办法？"
前一个冬天，阿万这么对她说。

五

家里的腌菜缸已经堆得连过道都没办法走了，糖果糕饼也塞满了密封罐。

好几天前，爸妈就已经为除夕忙开了。阿万一年回一次老家，和除夕一样，家里都当是大事。虽然今年在妈妈眼中看来，阿万自回家那天起，表情就多少有些微妙，但她认为儿子成熟了，有些家人没法看透的变化不足为奇。直到那天上午，有人推开院子的门。

她看到阿万站在门口，一脸诧异，对面是个背了双肩包的女孩子，也没见两个人讲话，就沉默地站在那里。

不能老让客人站在门口吹风，赶紧让进里屋，却见两个孩子都是一副局促僵硬的样子。

"妈，她叫小泽。这两天旅游路过，就来咱家看看。"

"阿姨新年好，阿万一直提起您，原来看上去比照片上还要年轻呢。"

"呵呵，嘴这么甜。阿万你也是，交了这么可爱的女朋友，也不早点儿带回来看看。"

一直没出声的阿万沉着一张脸，忽然拉起小泽说："妈，人家一来你就说女朋友什么的，会吓到人家，我带她出去逛逛。你忙你的。"

"这孩子，就是脸皮薄！小泽你别在意啊，晚上早点回来，一起吃饭。"

"怎么来的？"

"没有卧铺了，拜托叔叔找关系买了硬座。"

阿万皱皱眉，两天两夜的路程，还是冬天的硬座。想到这里，脸色在风里更加发青。

"你怎么又这样，也不打个电话给我，一个女孩子，万一有什么意外怎么办？出了事我怎么向你的父母交代？"

"我没有和别人说是来看你的……"瞥到阿万凶巴巴的神色，小泽渐渐笑不出来。

"现在去哪里？"看到小泽不笑后一瞬闪过的眼神无限灰暗，阿万的心还是软下来，提议随便走走。

"不如去爬你们学校的后山，你不是说小时候在树下埋过什么时间胶囊吗？"

"没有什么时间胶囊啦，你那时迷《我的野蛮女友》，我随口编来骗你的。"

"真的？"

阿万也不知道为什么非要说这些无情的话，忽然发现小泽已经停下来，眼神认真得要望到他脑后。只好说："对不起，当时确实是无心的。"

"哈，就知道嘛，你这种冷血的家伙哪会干这么温柔的事啊？！哎哎……好啦，你别一副认罪的表情，我也是随口开开玩笑的。"

讲到这里，对话没有继续。两个人一前一后，又是无声地走了一段路。

很久不去，后山居然作为小镇开发的旅游景点收起门票来，告示说梅花开了，要收景点维护费。

说是山，其实也就是个高点儿的土丘，不过因为小泽缺乏运动，爬得气喘吁吁，看到梅花又总是大呼小叫，绕着树干又跑又笑，所以直到天黑，两个人才刚刚爬到山顶。

虽然气候是冬天，但已经过了立春。山里开始起雾，雾气飘到脸颊边还留着沉郁的花香。

小泽站到边缘，反手抓住栏杆，从山顶望下去。无数灯光在暮霭中浮动，像大海里的浮标，看上去近在咫尺却又遥不可及。就像边上这个人，她一直不觉得感情投注多少就该得到对等的回应共鸣，但至少不计回报地去付出总是没错，没想到到头来还是收获一个零。她永远搞不懂他在想什么。

"哎……阿万……"

"什么？"

"真的没办法继续和我交往下去了？"

下山的时候天完全黑了，小泽跟在阿万背后，深一脚浅一脚地走着，时不时为了保持平衡不摔下而去伸手去拉坡上那些乱七八糟的枝条。她觉得自己从来不坚强也没必要坚强，但此时此刻，手心明明都已经是横七竖八的口子，就是说不出一句，"阿万，拉我一下。"

在他说要分手的时候她看到他的眼神就已经知道没有机会了。她记不得自己是他的第几任女朋友，喜新厌旧那么容易，又不是非要承诺什么才能开始一段新关系。她想到一首粤语老歌，唱的是，"原谅我这一生放纵不羁爱自由。"

她不是不知道，她的感情，给得太多，没有节制，总有一天会让对方束手缚脚不堪负荷。爱的空间从来就是中庸至上，多一分都嫌浪费，只是她从来不愿意承认原来有所保留竟然好过倾其所有。

因为不相信，所以还是要穿州过省，舟车晕浪，只为了亲自到他面前求证。

她看着他在前面走得越来越快，自己脚下的路却越走越难，甚至有些希望体力不支直接晕过去，这样第二天醒来一定不会像现在这样万念俱灰。但是她一向看不起动不动就万念俱灰的家伙。小泽的人生字典里可是只写着"屡败屡战""不言放弃"这几个字。就算现在被破藤烂树划个遍体鳞伤，过不了几天伤口结疤蜕皮，一样重新来过，有什么可难过的？

但是，但是为什么眼泪止不住地流下来？是因为在火车硬座上失眠了两晚？是因为笑不出来却强笑了那么久？是因为手心已经在流血？还是因为前面那个人那么决绝地否定了她内心一直坚持的东西？

"是不是有其他喜欢的人了？"

"不是这样的。对不起，只是觉得不能继续下去了。"

"是我不好吗？"

"没有。但我觉得很累。就像你这次话都不说一句就一个人找来，一点儿不考虑别人会不会觉得困扰。有些东西注定到最后要失去，不如潇洒些早早放手，非要走到无路可退的那一步，只会让对方连最后一点儿好感都磨损掉。小泽，喜欢一个人可以，但你为什么总是选择最笨的那种办法？"

高高的山冈吹来冷风，阿万没有看她一眼，一字一句都对着暮霭中的灯火。

当机立断，没有一点点遗憾、一点点惋惜，连分手的台词都讲得滴水不漏，让她真的像个笨蛋一样在山顶张着嘴说不出一句反驳的话，只能任凭身体在薄雾中发抖。

　　"原来他根本就一点都不喜欢我了啊!"小泽想到这里,终于忍耐不住去擦快溢出眼眶的泪水,谁知抓着树枝的手滑开,腿一软还是直挺挺地摔了下去。视线迷蒙中终于看到前面模糊的脸容,喊着她的名字奔回来。

　　后来的路两个人终究还是携手走完。出乎意料的是,阿万没有责备小泽走路都走不好,又给他添麻烦。夜色里看不到表情,小泽只感到他的手冷得没有温度,却紧紧地握住她,甚至握到发痛。

　　原本说好一起回家乡,并肩看他喜欢的风景,没想到到头来竟然是这种结果。

　　小泽拼命忍住又一次掉眼泪的冲动,低着头努力跟着阿万的脚步。

　　还没走出寂静的山林,上空突然爆发出"嘭""嘭"的巨大声响。阿万一个急刹车,小泽连带吓了一跳,顺着他抬头的方向望去,原来是五颜六色的巨型花火,潮汐般在空中接力。
　　一时间,还拉着手的两个人都怔在原地,脚步再也无法移动。

六

决赛进行到个人环节的时候，南学长才注意到小泽有些不对劲儿。

社团经理阿兰提议，比赛需要有人扮吉祥物。她说："不如让小泽去吧，反正就她没事。"所以只要场地有人，小泽那么扁薄的一个人就得套在巨大的奶牛装里在场地边来回走动，间或做一些滑稽的动作并和小孩合影。到了休息时间，南学长走到化妆间才发现脱下头套的小泽整个人都是汗湿的，头发像从水里漂过似的黏上去。

"小泽你没事吧？不用那么认真，稍微偷懒一下也可以。"

对方笑了一下，显得脸色更是白到病态。

"可能昨天没睡好，没事的。倒是学长一直看镜子，是不是紧张呢？"

"哪有的事！你就等我上领奖台时多拍两张照片吧。对了，那个信的事……我……"

"啊！不用说了，我都明白！学长就不要管我了，比赛加油要紧啊！"

说着小泽好像为了掩饰不安拿起水杯喝了一口，没想到还没喝到一半，竟然全数吐了出来，包括早上吃的早点，淋漓吐了一地，到后来都吐完了还在不断地干呕，脸更是痛苦得皱成一团。

　　眼见其他人都在催他上台，小泽一狠心说："没事的，学长不要担心了，我是肠胃不好。你快去吧，比赛要紧！我去下厕所就好。"说着也不管学长焦虑的眼神，径直跑到厕所。

　　十分钟的个人秀结束，南学长再冲回化妆室，小泽已经不在了。其他人说，校医诊断因为食物中毒后呕吐和腹泻，小泽已经严重脱水，再不送医院可能就会昏迷。

　　他呆在原地，想起那天阿兰看到小泽那封信时的表情以及今天她怪异到主动执意地替小泽买早饭并且催促她快吃。手心全是汗。

七

　　阿万赶到医院的时候，正和走出来的南学长迎面而行。不过就算他把拳头捏得发青，也知道无论如何不关南学长的事。

　　输液室的气氛安安静静，小泽的脸在暖气汀的红光下像一小朵棉花。他记得去年冬天，在漫天烟花的照耀下，她的脸也是这样平静，又有点茫然。

他在山上拉她手的时候就后悔了，怪自己拖泥带水，分手都不够狠。况且自己异乡求学，毕业后前途未卜，去到哪里更是未知数，一个人是海阔天空，两个人却要背负对方的未来。所以她越是奋不顾身，他越是没有勇气做出什么带她一起颠沛流离的允诺。

从山冈上望去，雾冷灯浮，一切都像是假的，只有背后传来女生的问句让他觉得真实。他从初中早恋，在校花和另类少女的历史记录中，小泽简直普通到没有任何特征。但是不同于那些好聚好散，总是不当回事的对方，小泽对人对事都有种惊人的执着。他曾经被这种执着打动，现在又觉得压抑，避之不及。

他知道纵然喜欢她，但这喜欢敌不过对自己的喜欢。他终究舍不得用虚无缥缈的爱情来交换牢牢握住的自由。

在山顶，他站在她面前忍住不回头，背后的她又像梦呓又像自言自语，"我等你！"

当时几乎要骇笑，"不要啊！我耽误你一时，你可别耽误我一世啊。"话一出口都觉得自己简直太冷血。

而现在，又是谁三天两头电话短信小泽没话找话，知道对方有了新的目标反而烦躁不堪难以释怀？等到小泽终于鼓起勇气去送礼物的那天，又是谁一大清早在宿舍门口截住她，说什么"对不起，我还是喜欢你"。

　　说得那么无耻又自信，看到的却是对方木然的表情。这表情没有忧伤，没有欣喜，有的只是来不及。

　　爱本来就是一瞬间的迷信，一旦迷信破除，感情转薄，结冰也不奇怪。只是当时，他不明白这个道理，也不懂得珍惜。

　　他看着病床前的脸，想到她曾经说要等他。但现在不等了。

　　现在她喜欢的是另一个人，受伤害也都是为另一个人。他也不该就此失落，因为本来就是他先放弃，他知道，总有一天自己也会尝到被放弃的滋味。

　　"阿万，你来了？我已经好多了，医生说休息两天就没事了。"

　　"你有没有脑子啊！他女朋友的事你都知道吧？！"

　　"……是啊，我知道，那又怎么样？"还是一副无所谓的样子。

　　"那你还去表白个头，奚落受得还不够多？"莫名的怒火升上来，是他不肯承认的不甘和失落。

　　"阿万，有些事呢，做和不做也许都是一个结果。但不做，一定会后悔。我的脾气什么样你也知道，我是情愿撞个头破血流，也不愿意后悔的啊。"说着，她微笑一下，"况且，南学长已经答应我了。"

"什么？"

"交往啊！"

"哈？"

"开玩笑的！哈哈，看你那副酸溜溜的样子！"

小泽大声笑了几下，又想起什么似的说道："倒是你啊！女朋友换来换去的究竟是想怎样？虽然被我甩了，也不需要自暴自弃嘛。"

"真是自我感觉良好。"

"哪有？不过我说，以后不管再找什么类型的，只要不像我这么笨的就行啦。"

也许是室内暖气汀太热，听到这句话，阿万突然异常疲惫，心都坍塌下来。转头看到小泽似笑非笑的脸，她的眼睛最深处，密林之外，烟火燃尽。

"不会的，不会再有比小泽你更笨的人了。"他把手放到暖气汀上翻转取暖，缓缓地说道。

我的眼睛里
有只蝴蝶

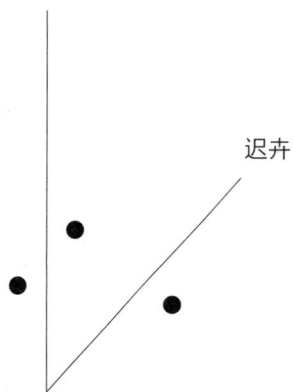

迟卉

迟卉

上海最世文化发展有限公司签约作者

一个讨厌现代技术的科幻作者，喜欢猫、小番茄和睡觉。

已出版作品：《伪人 2075·意识重组》《荆棘双翼》

2012 年的时候，我的眼睛里住进了一只蝴蝶。

当它开始扑动翅膀，我就不能读也不能写了。只能坐着，闭上眼睛，看阳光的金红与明黄漏过，在我的视野里涂抹明明暗暗的色彩。医生给了这只蝴蝶一个名字——高眼压症。她说，这种病很普遍，很多年轻人都有这样的病。因为你们用眼过度，看了太多的电脑。不是什么大问题，要注意休息。

对我来说，这可是个大问题。我用电脑写作，用电脑阅读，用电脑打游戏，用电脑工作、聊天和约会。但现在我只能关上电脑，手足无措地发现世界突然就寂静无声。

那年我 28 岁，很老了，老得有了白发。但是又很年轻，年轻得想要飞翔。我的眼睛里住着一只蝴蝶，膝盖上团着一只猫，茫然地，闭着眼睛，在一个又一个真真假假的梦境里穿梭。我没法追逐文字、视频或者图画，我没法追逐网络里那些有趣的光影，电脑之外的世界对我来说是一片乏味的灰色。

去画画吧。J 说。带上你的素描本，铅笔和蜡笔。

于是我就去了。倒不是真的需要。只是走一走，透透气。固定的时间，固定的地点。附近小区旁有很大的花圃，长长的树篱。红色和深绿色的叶子，毛茸茸的嫩芽与明亮的花朵。我每天下午都过去，画一些东西，或者，就只是坐着。

花圃对面有家超市，超市门口有个弹吉他卖艺的男人。把琴匣子放在脚前，里面总是零散地丢着一些钢镚儿。既不是流浪的年轻人，也不是可怜兮兮的老人——卖艺大抵是这两种。他是个中年人，衣着很整洁。手边还放着一个公文包。唱着一些20世纪80年代的老歌，声音并不惊艳，平平淡淡地，倒也不恼人。

总感觉他弹唱结束后会直接提起包回家，说老婆我回来了，今天公司又加班之类的话。但这也不过是我的猜测，我们从未交谈，只是偶尔隔街对望一眼。

两三个星期之后我们几乎混了个脸熟。每一次我走过超市门口，我们都会彼此微笑，点头。然后我继续向前，去花圃里画我的素描。而他继续唱歌。

　　后来，我的眼睛好了，蝴蝶飞走，生活又慢悠悠地碾了过来。最后一天去花圃画画的时候。我坐下来，给他画了一张素描。我是从来画不好肖像的，于是便画了他的吉他，画得很慢。他懒洋洋地微笑着。

　　我把画完成，夹进塑料纸里。送给他。说，很高兴认识你。然后转身走开。

　　那条小路很长，下午两三点的时候没什么行人。两旁都是办公楼，天空暗淡，一扇扇窗子里亮着灯，每一扇窗子后面都有年轻的男人和女人在敲打电脑，注视屏幕。他们的眼睛里都有或者将有蝴蝶在飞舞。

　　在我身后，那个男人突然开始唱起奇怪的歌。

　　叮叮咚咚叮叮咚咚当

　　有人敲门

　　谁呀

　　我呀

　　你是谁

我姓梅

哦，梅大哥

请您进来

这是我老家的童谣，只从我外婆嘴里听过一次。我不晓得他从何处听来。

我停下来，听完，走了。

在那之后的一年多里，我写了很多的故事，很多的小说，参加了"文学之新"，把过去的生活扬手抛开，一路飞奔向前。不止一次，人们问我，为什么要追逐那些不真实的故事。我告诉他们，把相机摔入河沙里，你可能会凑巧拍到沙砾迎风飞起恍如流萤的画面。生病休养时，你可能会遇到一个歌手，唱起只有你才知道的歌。这个世界本就不是"真实"的，即使你朝九晚五，蝴蝶仍然会住进你的眼睛，提醒你慢下来，看看身边的一切。

这世界上必定有神，我相信，而且他一定热爱美丽的东西。

琥珀

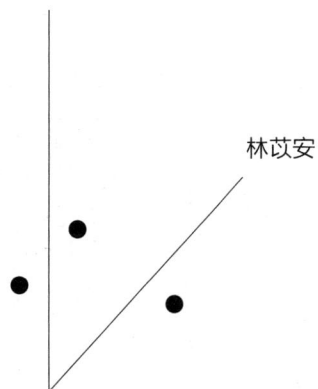

林苡安

林苡安

上海最世文化发展有限公司签约作者

也许写作是自己唯一的技能（反正也不会其它的）。

已出版作品：《蜀红》《白马小姐情史》

再见她时，她的脸上已没有了悲戚。

只有一双手在颤抖。我想是因为她害怕。一把上了膛的枪将在某一天清晨"叭"的一声射出一颗坚硬的子弹，"嗖"的一下从胸膛穿过，任谁想想都会害怕。更何况她的胸部看上去不错，那耸起的傲慢的高度，那从腋下弯过去的完美的弧度，都令人想入非非。而且我敢保证她没有穿胸衣，绝不是靠厚厚的海绵就能垫出的下流又迷人的幻象。

——多么可惜，这漂亮的胸脯将被打开花，其残忍程度不亚于一双粗糙的手对它进行无情的蹂躏，还不考虑是否会对它造成乳腺疾病。

"为什么杀他？"我开门见山地问。

她对她犯下的罪行供认不讳，却一直不肯交代杀人动机。我是她的辩护律师，虽然只是走法律上的流程，但还是应该尽到我应尽的责任。"听着，我是你的辩护律师，我具有知道真相的权利。无论你杀人的理由多么滑稽或是多么不充分，我都是站在你这边的，绝不笑话你。"

她打量着我，一句话也不说。她的脸色就像快要下雨的天空，是初开天地的混沌不明，又灰得如同玛雅人寓言的世界末日。一朵悲伤的云团在她的眉眼间浓得化不开，为她整个人平添了几分诗意和危险。

"嘿。"我指指我手腕上的表，"我们的时间不多。"

她和我对峙良久，突然开口说话。

"我从不以为我会爱上这样一个人。他完全不是我心中所期待的白马王子的样子。第一次见面时，他坐在我的对面，不晓得是不是因为见到我紧张，我想是因为紧张，他说他读过我的小说。你知道我写过两本销量不怎么样的小说，他托朋友送来一束红色的玫瑰花，说他想要见见我。我发誓他根本没有认真读过，不过是因为想要认识一个写小说的女作者。要是这个女作者长得不赖又气质独特，像三毛，或是张爱玲的话，就玩尽手段收入麾下作为体现他人格魅力的资本——带出去应酬总比带二流艺术学院毕业的表演系女生有面子。那档次不知道高多少倍。后来他见到我，我保证我的样子没有让他失望，这点自信我还是有的，我是文学界的奇葩，并不是因为写得好，而因为长得好！当然，范围只放在文学界。也就是因为没有失望，他表现得像个极有教养的英国绅士，却又是'东施效颦'，一个不小心打翻了一杯水，把裤裆都打湿了。他那时那个窘啊，再没有比这个更窘的事情了，还得装作若无其事，用纸巾把它揩干。"

"你是说的林锦和？"

"那天还有朋友作陪，见到这一幕，都朝他起哄，他望向我，说：'让您见笑了。'我突然间，竟觉得他有些可怜。比起那些口若悬河的花花公子，我更青睐一个不善言辞的伪君子。后者不到关键的时刻，也还总归是个好人。"她放窄了眼皮，思索着来龙去脉，"当然，我爱上他并不是因为他可怜。我的慈悲心还没到达那样的地步。是后来，他拐带我去看完一场电影之后开车送我回家，那天下着好大的雨，我站在小区紧闭的大门外等巡夜的保安来应门，那样的等待总是很漫长。也幸而如此，我们有足够的时间来让这件事情发生。我无意回头竟发现他还在，并且是站在车外看着我。其实他完全可以坐在车里，哪怕他要等我进去以后再走是出于一个男人起码的礼仪。他同我一样，浑身淋得湿透了，雨水打在身体上破裂成小水花，欲望在淡蓝色的血管里噼里啪啦地爆炸。我茫茫然地朝他喊道：'你怎么不坐进车里去？'他回答得浪漫极了，说：'我陪你。'这场景只可能出现在我的小说里，从来没有想到有一天它会真的发生。"她说话时一直看着我。我从未被什么女人这样看过，那眼神坚定得令你心虚，像是一把被反复琢磨的刀，翻来覆去间总是会有一抹刺眼的青光晃得你睁不开眼睛，却又在它暗淡下去的一瞬间感受到它光滑的表面所透出的丝绸一般的柔情。此时此刻，我充当着双重的角色，既是她的救世主，又是她命运中的滑铁卢。"事情就是这样发生的。那天，下那么大的雨，落到地上哗啦啦的，把我们说话的声音都吞了进去。但我还是听得很清楚，他说：'我陪你。'天，爱情的到来总是叫人始料未及。

"也许你会认为我很天真。没错，3 月份出生的人，'天真'是她们的宝贵天分。不是人人都有的。有些说有的人不一定真有。从她们陷入爱情的速度就可以看出她们天真的程度。而我总是在还没有确定对方是否爱上我之前就已经爱上了对方，这天真的程度大到有些愚蠢。我自知却无法克制，更加无法改正。我相信这就是所谓的忠诚。

"忠诚。'忠诚'是上帝最伟大的发明，它适合用在狗身上，牛身上，万兽之王狮子身上，燕子妈妈身上，就是不适合用在人类身上。人类总是喜欢在'忠诚'上面要花样，努力去找它的近义词比如'忠贞'，它可解为'忠心'及'贞洁'，而'贞洁'往往只用在女人身上，所以到最后，'忠诚'变成了女人的事情，男人，只是论证此观点的论据之一，并且颇具说服力。"

"我对此持保留意见。"天哪，我可不想跟一个女囚犯讨论这些，尽管我的确有些花心，但因为一句"男人嘛"就应该得到所有人的谅解。

她朝我轻蔑地一笑，好像我对她说的话不敢苟同是一种懦弱的表现，可她作为男人的天敌有什么发言权？光凭自己主观的推断和客观的总结，就能真正了解一群构造独特的高级生物体，那自然界里那些无法用科学原理去解释的非自然现象靠培根的"经验派"不就解决了？原来这个世界所需要的仅仅只是一个女小说家而已。

"杀人的方式有很多种，皮蛋下啤酒，被带锈的铁钩划破手指却不去打破伤风针，连续五年以上晚九点以后用餐，到东南亚一带去找个法力深厚的巫师给他下降头，长期吃桶装方便面，吃发霉的大豆、花生及玉米，吃'五行相克'的食物比如银杏和鱼。这些方式的优点是轻巧，简单，且不易露出破绽，缺点是让他死得太随便。他不能死得太随便，他的死意味着我爱情的永生，那过程必定得像宗教仪式一般神秘且庄严。所以，我为他挑选了一个体面的死法，也算是他深深爱过我，我对他的报答。"

我发誓那可不算什么体面的死法。警方找到他的尸体时，他已经变成了一朵朵芬芳馥郁的红色玫瑰花。一时间，各大新闻的头版头条，都刊登着一张警察逮捕她时记者在一旁拍下的照片——她戴着一顶竹篾编织的斗笠，两条长长的带子系在下巴上，乍一看，真像20世纪80年代电影里的女侠。可惜她手里拿着的不是剑，而是一把铲子，铲子上还有泥土，她当时正在翻修她的后花园。有一位心理学教授，自以为是地对她的杀人动机进行了种种分析及假设，一篇过万字的论文放到网上，在一个小时之内点击率便过万，其热门程度超过同期石油和黄金价格的涨幅。他的名字也成为"女作家柳殷红杀人事件"的关键字词之一。找他看病的病人由过去的寥寥无几到现在的络绎不绝，甚至得提前一个月打电话预约时间。其实见了面不过是想问他是否见过柳殷红本人，她是否真的如传说中那么漂亮，"我刚读完她的小说，天哪，她写得太好了，你看，她写的这段，'我看见成都的街道里隐匿

着一个巴黎，我看见成都的空气里酝酿着一片大海，我看见一家只在
凌晨开放的书店和一匹五彩斑斓的斑马，我看见没有情人的情人手执
鲜花，目光如炬。她说，如果有一件事情是重要的，那就是，我爱你。
我要把它唱成这世界上最美丽动人的歌曲。'"后来，我有幸在朋友的
聚会上遇见他，他告诉我那些病人几乎都是在感情上受过伤害的女性，
她们对柳殷红的崇拜只是因为她做了一件她们不敢做的事情。当然，
被捧红的不止他，还有那顶竹篾编织的斗笠。聪明的商家看准了商机，
在帽檐上扎了一圈粉色的小碎花，一下子就成了时髦的玩意儿，爱美
人士出门的必备品。

　　"那阵子我写作遇到瓶颈，连续一个礼拜，坐在电脑前一整天，一
个字也写不出。我裹上一件黑色的羊绒大衣，坐在一棵满头金发的银
杏树下，一边嗑瓜子一边观察路人的表情。我相信灵感总会像爱情那
般不期而至，只是需要耐心。当然，有那么几次，有人把我当成站街
的廉价的小姐，叼着香烟在我的周围晃来晃去，用十根肮脏的手指煞
有介事地比出他所认为的合理的价格。我从不理会，任他在那里一根
手指一根手指地加上去，最后加得生了气，把烟蒂狠狠地吐到地上，
背着手悻悻而去。回到家我把这段遭遇写进了小说里，倒也是一个不
错的小插曲。遇到林锦和那天，情况大致也是这样。只是我没有梳头
发，头发乱七八糟地散了一肩膀。也没有擦隔离霜，脸色黄黄的像牛皮

纸。这般糟糕的样子我是从不见朋友的，更何况是见林锦和这种和我可能有下文的男性朋友。他把车泊到我的面前，好一会儿，都只是隔着茶色的车窗看我。我当今天遇见了一个大买主，嗑瓜子嗑得一身花街柳巷里的风尘味，目光放荡地看向他，却也只能看出一个模糊的轮廓就着倒视镜用手规整了一下衬衫的衣领。我琢磨着，要是他从车里下来，我的小说就有戏了。可是当他缓缓地摇下车窗，说，'柳小姐，你怎么在这里？我还当是认错了人'的时候，我惊呆了，居然是他！我想，我小说里的戏是有了，我和他的戏却在此终结了吧。我说：'我在等人。'他顿了顿，说：'你能不能上车，我有件事情要告诉你。'我把手中余下的瓜子悄悄放回大衣口袋里，有几颗黏在掌心，还得使劲地蹭蹭。我疑心着坐进他的车，问：'什么事？'我真不知道我和他能有什么事，我们统共才见过一次。他不回答，径自打燃车子，我纳闷道：'你这是干什么？'他看着前方，说：'走吧，舍得让你在寒风中等这么久的人，不等也罢。'

"'傻瓜，我就是在等你呀。'我望着他，这句话没敢说出口。

"我的确也是在那一瞬间才意识到，我坐在那里，就是在等着什么人来带我走。"她笑笑，"喏，就是那天夜里发生的爱情。"原来这个故事是倒叙，怪不得我听得有些云里雾里。但可以推断他们后来去看了一场电影。爱情的发生总少不了电影。

　　"我也问过他,'那天,为什么会突然想要带我走?'他说:'你知道我从车窗里望出去,看见了什么吗?'我说:'什么?'他说:'风景。很美的风景。就像看见了一幅价值连城的油画,叫人忍不住想买下它。''可是我那样子一点也不美。''高更的画谁又能说是美的?'他把情话说得那样质朴,没有人会以为那不是真的。我心存感激地抚摸他略显苍老的手背,意外地在上面发现了一粒红痣,我说:'你看,上辈子有人在你这里留下了一滴眼泪。''你呢?有人在你的身体上留下眼泪吗?''有啊,在……'他用食指封住我的嘴,说,'别说,什么都别说,美的事物,要靠自己去发现。'借着探秘的名义,他脱下了我一件又一件厚厚的冬衣。"

　　我从档案袋里抽出一张林锦和生前的照片。他同大多数的中年男子一样,有着宽以待人的和蔼和严于律己的谨慎。不过他看上去倒是很年轻,风流韵事俨然成了他的保养品。"你手上的这张照片还是我给他拍的。"她伸手把照片拿了过去,仔细地端详,"好奇怪,记忆里的林锦和有着阿波罗神祇一般英俊的面容和斯巴达勇士一般魁梧的身躯。而照片上的这个人根本不是那样子,他松弛的下巴看起来筋疲力尽,完全没有了对抗命运的勇气。"

　　"可这就是林锦和。那个被你埋进了后花园里的人,就是他。"

　　"不,我埋葬的不过是我的爱情。"

　　我真难想象那样的场景。林锦和被捆上了手和脚，躺在柳殷红一早挖好的大坑里。他想叫又叫不出声，嘴被胶布封得死死的。她拿着一把铁锹，不辞辛劳地铲来泥土覆盖在他的身上。先从脚开始，再是肚子，再是胸，脖子，最后是头部。她戴着一顶竹篾编织的斗笠，两条长长的带子系在下巴上，也许就是从那时起她喜爱上了这样的装扮，她觉得她是一位惩恶扬善的女侠，内心充满了正义感，和大无畏的精神。她跪在他面前，弯下腰轻轻地亲吻他的额头。她向他温柔地低语道："5 月你就会活过来，那时候，你只属于我一个人。"她捧起一把又一把泥土，散在他的脸上，像牧师一般地祷告，背起了一首拜伦的诗："有些月份，大自然特别欢乐，也特别骚动。3 月出野兔，5 月必出女主人公。"他痛苦的呻吟直到下半夜才结束，持续了四个小时二十分钟。原来人的生命并非不堪一击，有时候，不过是对手太强大了而已。

　　"据科学调查，人类的热恋期仅仅只有三个月。三个月以后，爱情会自动转化为亲情，最后变成一种责任。我日夜担心这样的事情会在我的身上发生，就像一个有着强烈的求生欲望的战士，英勇剽悍地干掉了潜伏在周围的敌人，小心翼翼地排查掉了潜藏在脚下的地雷，却不想在荣归故里后被宣布得了绝症。对如何治好此病医生们表示束手无策，只能任凭他的斗志在身体里一点一点地死去。那种绝望感就像用指甲'吱'的一声划过黑板简直让人难以忍受。他在感慨世事无常的同时要么像个窝囊废一般怨天尤人，要么像个勇士一般大有作为。我当然选择后者。"

他们认识正好三个月零十一天。还真是惊人地巧合。我问："难道说，三个月一到，他就对你失去了兴趣？"

她偏着头想了想，说："我想我得跟你讲讲我的父亲。小时候，我有一辆凤凰牌自行车，我父亲总是在车把上系一根红色的布条。我嫌它难看，一次又一次地摘下它扔进垃圾桶里，可不一会儿，那根红布条又跟变戏法似的回到了原来的位置。我知道是我父亲干的，却不知道他为什么要那样干，气得我不顾长幼尊卑跺着脚骂他管得未免太宽。直到有一天，他离开了我和我的母亲，我扔掉的那根红布条再也没有变戏法似的回到原来的位置，我才恍然大悟。我站在学校的车棚前，面对着几百上千辆同我一模一样的自行车，竟无助得就快要哭起来。我拿钥匙去捅每一辆自行车的钥匙孔，却无济于事。没有了红布条，我再也没有找到我的自行车。它同我的父亲一般奇异地消失了。

"林锦和就像我的父亲，对我的关怀无微不至。当我胃痛的时候他会为我找来白色的小药片，当我失眠的时候他会为我哼唱《外婆的澎湖湾》。连他自己都说，他是把我当成自己的女儿来爱着，一点私心也没有的。

"我在感动之余，也不免有些害怕，害怕这样的爱并不持久，没有血缘关系的爱始终像一棵被移栽的树，不容易生根。我把这顾虑埋在心底，默默地观察他对我的爱是否随着时间的推移消失殆尽。他的某个不专注的眼神，他的某次不情愿的约会，他的某句极敷衍的话语，他的某回草草了事的亲昵，都是活生生的证据——爱情即将过期的证据，即凶兆。我把这些细枝末节拼凑出一幅大的景象，永远都是他夹着一只公文包匆匆地离去。和我父亲的那次离去，一模一样。

"不，他不能留下我像我母亲那般独守空虚。那样的空虚真要人命。它差点就要了我母亲的命。我母亲在去上班的路上，遇见了一个和我父亲很像的人，她追了他几条街，终于被他发现，还以为她是贼，拧着她的胳膊强行把她送到了警局。警察打电话到我的学校，叫我速去领走我的母亲。我书包都没背好，文具和书本散落了一地，根本来不及捡，偈偈地飞奔到那里。在门口，我看见我母亲从警局里失魂落魄地走出来。她走路的样子像一个即将赴刑场的女人，每一步都走得好艰辛。她望向我，纾宽地一笑，说：'差一点就找到你的父亲了。'那时，我是多么想哭啊。

"后来，我骑自行车载她回家，她坐在后座上喃喃自语。再后来，她的那些话像针一样扎进了我的心里，永远都难以忘记。"

我突然意识到什么，关于这个故事，我想我已大概猜到了结局。我喟然道："可是，这世界上，哪里又有永恒的爱情。"

"单方面的爱情是永恒的。这是我最喜爱的英国作家毛姆说的。这一观点又和我最开始所做的关于'忠诚'的论述相吻合。再结合一下我后来所举的例子，那么不难看出，导致'非忠诚'的罪魁祸首，其实是——时间。"她顿一顿，眼含笑意地看向我，"普鲁塔克曾向世人们描述过一个勇士所应该具有的特质。他成功地影响了卢梭和尼采，却无法影响到我。他只把目光放在如何捍卫国家的领土上，却无法对如何对抗时间做出任何的表示。而我认为，时间，才是我们最大的敌人。

"嗯，也许我把范围说得太大了，应该是，爱情最大的敌人。"

原来这就是她所说的"大有作为"。"可是，他并没有打算离开你呀？"

"他迟早会离开我的，时间，从不对任何人网开一面。"

"这是我母亲的伟大发明。那天，她坐在我的自行车后座上，说，'我真应该在你最爱我的时候杀了你，不给'时间'留下任何的机会来残害我们的爱情。'

"我听到这句话的时候很震惊，原来，是'时间'带走了我的父亲。随即在心里发誓，我永远也不要重蹈我母亲的覆辙，我要做一颗可以困住漫长岁月的琥珀。

"可是，我应该怎么做？在上帝面前十指紧扣？在他面前用力地哀求？床上像荡妇床下像天使？还是说，把我的名字刻进他的手臂让他随时系念着有个女人已经进入了他的生活？

"不，我不要这般没有尊严。我要像艾略特的诗里写的：'4月最残忍，从死了的，土地滋生丁香，混杂着，回忆和欲望，让春雨，挑动着呆钝的根。'

"挑动着呆钝的根，挑动着你想要冲破泥土的灵魂。你的肉体将成为你下一世成长的养分，你的意志力将督促你尽可能快地重生。

"重生。那茎是你的头发，那瓣是你的嘴唇。那绚丽的盛放是你日趋饱满的下体，那狼狈的颓败是你在孤独地老去。放心，你在我的花园里永远也不会老去，你将跟随季节的更替越发地繁复浓密，你将把你所有的美丽奉献给那个同样也把青春奉献给你的辛勤的园丁。

"我们的世界里除了彼此别无他人。就像鱼和水，天空和白云。

"不，我说的当然不是丁香。我说的是玫瑰。玫瑰的花语是，爱情。

"你不是一直在问我的杀人动机？那我告诉你，是——'Es muss sein'。

"这是贝多芬谱写最后一首四重奏最后一个乐章的动机。也是米

兰·昆德拉所描写的'托马斯'一定要回布拉格去找'特蕾莎'的
动机。

　　"现在，它也当仁不让地成为了我的杀人动机。

　　"是啊，'Es muss sein'——非如此不可。

　　"非如此不能留住我人生中最幸福的时刻。"

岛在心的
湍流中

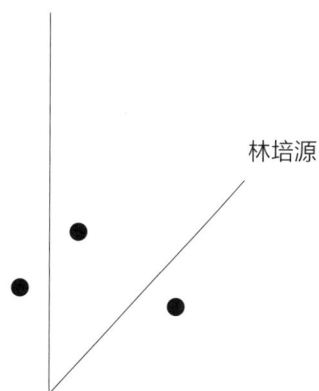

林培源

林培源

上海最世文化发展有限公司签约作者

"年少不做梦，老来无所依。"

已出版作品：《薄暮》《锦葵》《欢喜城》《南方旅店》《第三条河岸》《钻石与灰烬》

《以父之名》

　　时常，我会在梦中看见这样一个男人：日光底下，他身穿一条灰扑扑的牛仔短裤，光着膀子，头发沾了木屑，短而黑的眉毛紧蹙着，眼神却是极其严肃的——看起来，这是一个惯于干农活的男人，可他手里的刨子和长条凳上有棱有角的木料却昭示了另一重身份——毫无疑问，他是一个木匠，并且还是技艺娴熟的那种类型。话不多，干起活来专注、精准，一丝不苟，眉目间透出几分刻板，手里活计却是相当漂亮的。

　　我的梦夹缠着一丝轻盈的迷惑，类似窥视万花筒制造的错落色彩。木屑散发着干燥的味道，闻起来像刚烤熟的面包。阳光从窗口筛进来，于是纷飞的细微尘埃混合了木屑，营造出一番缥缈而真切的场景。我被这样的声色气味吸引着步入记忆的洞穴中，从而忘了梦境带来的虚无缥缈。

　　这个男人是我的父亲。我梦里出现的，是年轻时候的他。

　　在我成长的这些年岁里，我经常不知道怎么面对他，尤其是在父子俩静默相对时，我更不知怎么与他打开话题。我们之间的对话大多是简短的，类似寒暄，却又不止于寒暄。特别是打电话的时候，父子俩好像彼此间已经背熟了台词，他问，我答，再克制不过。也不知从何时起，我们两个人之间的距离在拉远。在我的青春期，父亲不习惯那个幼小、稚嫩的儿子突然变了嗓子，身高猛蹿，终至于与他目光平齐。而他，不苟言笑，留给我印象最深的，还是我读高中时，每一次他骑着摩托车来接我的样子。高中时我住校,一星期回一趟家,他会在接到我的电话后,掐准了时间,早早等候在公路边。我甚至可以想象到:他把摩托车停在路边,不抽烟的他没法叼一根烟来消磨时间,只是盯着过往的公车看,一辆,又一辆,等着看车门打开,然后儿子的身影从拥挤的车厢中蹿出来。

那些"理所当然"的日子里,我理所当然地享用父亲的守时、辛劳,甚至是不计代价的付出。潜意识里,我知道尚未踏出校园的我,离"自力更生"的日子还远。所以,在享用这份理所当然的馈赠之后,有一天,当我不再是一个高中生,当我搭了五六个钟头的长途大巴从另一座城市归来时,我终于明白了某些需要用时间和体悟才能换回的理解。父亲骑着那辆落满灰尘的摩托车,在公路边等我。还是那个场景,还是那个姿势。我拖着沉重的行李走向他,他眉眼间有了笑意,我喊他,"爸,我回来了。"他的欣喜掩盖不住,然而,他也淡淡一笑,接着"顺手"帮我提过行李,放好,绑紧。

不管刮风还是下雨,他的沉默寡言永远不变。他骑摩托的背影,被风鼓荡着,像一面永不摔倒的旗帜,挺立在我单薄的生命里。

这些年,我的外出和归来,间隔越来越长,而他等待的时光,也越来越难挨了,终于,我明白了这个简单的"等"字背后,藏着多少生活的无奈,岁月的无情。它苛责一个父亲,催促他成熟、衰老,催促他拼了浑身气力为背负一个家庭而任劳任怨，身为儿子的我，却常常忽略了这份劳累背后的辛酸。

唯一一次我觉得父亲老了，不再是我年幼时那个孔武有力的壮年男人，是我上了大学之后。那一年，我出版了第一部小说，因为故事涉及了家族的某些隐秘往事，善于捕风捉影的亲人将那些"刺痛"他们、"揭"了他们"伤疤"的段落揪出来，再一一对号入座。一夜之间，我被迫成了这个家族的"罪人"。在我还未回家的那个寒假，我听闻了他们撂下了狠话和满腔的憎恨。似乎，我不道歉，不承认错误就是在给整个家族抹黑。他们如果不严惩我，便对不起祖上。

那是我成长岁月里最为黑暗的一段，我从未想过，我出于单纯目的的写作，因为一些子虚乌有的"故事"，这个原本就已渗透裂缝的家族再一次撕裂了、捣毁了，并且，是在他们不容辩解的审视下，我成了众矢之的。突如其来地，我陷入了莫名的焦虑和恐慌，那是无法用任何言语来形容的寒意与苍凉，连续好几个晚上，我失眠，满脑子都是无法摆脱的梦魇，几近崩溃。最令我心寒的莫过于年迈的祖母，这个大字不识一个的老人家，听信了别人灌输给她的妄言。从不打骂我的她，那一天竟然将我和父亲叫到祖屋。老人家哭着，把我痛斥了一顿。那也是我自从祖父去世之后，第一次看见她落泪。我哭着向她解释，只是，很多的话说了，她不相信。父亲在一边，解释了几句，老人家脸色异常难堪，父亲也就缄默了。父亲知道，她的偏见已然先入为主，难以匡正了。

那是我记忆中无比阴冷的一个季节，仿佛生命里所有温暖都被泼了冷水。

大年初二，亲戚们择了这个原本应是吃团圆饭的日子"登门拜访"。父亲顶不住压力，在多次拒绝了"领"我上门致歉之后，终于还是无法抵挡即将到来的沉痛时刻。家人明白，小说归小说，不能与现实对号入座，母亲安慰我："你没有做错，你只是写小说。"然而，一旦戳了"当事人"的伤疤，无论多么冠冕堂皇的辩解都会变得苍白无力。更何况我面对的，是一群已经悲恸到对我恨之入骨的亲人。那个飘着雨的夜，父亲骑摩托车，载我和母亲，从外公外婆家返回来。一路上，我靠着母亲的背，雨斜斜泼下来，打在脸上，像刀割，母亲紧紧攥住我的手，紧紧地，她没有说一句话，但她想说的那些，都在这雨夜紧握的掌心之中了。

前方是迷离恍惚的车流，灯光混在雨水之中，我的双眼模糊了。

除非我得了失忆症，不然，我将终生铭记那一个遭遇"审判"的夜晚：亲戚们来到我家，彼此坐下，我处在他们围成的半圆之中。我的家人，他们都知道，这个时候，只有我可以站出来说话，他们不想添乱，他们信任我，也知道，必须让我像一个男人一样站出来，不管

最后问责的亲人能否听得下我的解释。整个过程，混乱不堪，充满了
各执一词的抵牾。我被指责、被诅咒、被唾弃，被指着鼻子痛骂成了
家族的"叛徒"。祖母她老人家忍不住哭了，我的眼泪也落了下来。
屋子里的气氛，压抑凝重，哪怕再过个把钟头，我便要在这场"审判"
中崩溃瓦解。

　　整个过程中，让我心痛悲戚到几欲对上门的亲戚怒吼的时候，我看
到坐在沙发的角落里的父亲，手托着额头，肩膀颤抖着——他哭了。我
长这么大，几乎没见过他哭，这个辛苦了大半辈子的男人，不管多么贫
穷卑微，始终沉默着支撑这个家。他在面对这个混乱不堪的局面时，在
面对几乎所有亲人对他儿子的指责和痛骂时，不知所措了，他在一样不
知所措的老母亲面前，失了所有的防备。他也断然不会想到，向来引以
为荣的儿子，对写小说的痴迷，最后竟会换来这个家族的"众叛亲离"。
我难以揣测他内心的挣扎和苦痛，真的，我也不敢去揣测。在所有人都
否定他儿子的时候，我不知道作为父亲，他承受了怎样的折磨和创伤，
他会怎样重新审视这个复杂而又冷漠的家族呢？那是比生活的贫瘠更加
沉重的考验——这个不堪的夜晚揉碎了所有人的心，这个家族长期积累
起来的隔阂、猜疑以及矛盾统统被搅动了起来，而我，无疑是这场家庭
风波的"罪魁祸首"。

　　也不知道过多久，我才能卸下背负在心灵上的沉重枷锁。我不敢

去回忆那一晚的所有琐碎细节，哭声、骂声，还有无数涌动翻滚着的潜流。追忆，无异于自我凌迟。亲戚的误解，我无力可以挽回和缝补弥合的过失，这些，统统压在心上，以至于我曾一度恐慌沮丧到想要终止写作。这是比任何"放弃"都更加凝重的念头。暗无天日，有时哪怕只是冒出来这个可怕的想法，我所有关于未来的美好愿景便几乎要窒息了。

事后，父亲总是旁敲侧击，迂回着试探我是否早已"治愈"，是否还对当初的这场风波耿耿于怀。每一次，我都会反过来"安慰"他——也的确是安慰——"爸，没事的，反正都会过去的，我很好……"诸如此类的话我说了不下一百遍，每一次他听完，脸上都是我不忍细看的表情，似乎他变得从容了，然而，我知道他，始终还在担心我会因为这事而在心里留下阴影。

我第一次发现，原来看似坚强的父亲，内心也有脆弱的一面。尤其是他捂着脸无声痛哭的那个瞬间，永远的，成了我成长岁月里无法抹去的画面。也是因为这些不堪的过往，我才终于理解父亲作为一个男人所承受的压力，而他也在我一次又一次的陈述中，逐渐明了写作之于我的意义何在。

我们终于变得如朋友般平起平坐，倾听、对谈。他常对我说的一句话就是："你做好你应该做的事情，尽力了，就好。"横亘在彼此间的父子惯常拥有的隔阂消弭了，我们分享岁月中的苦与乐，直至有了"患难与共"之感。

我和父亲之间的距离，这些年一直在拉近。我懂他的付出，也懂他的谦卑，我一直在想，年少时的他是不是也像我一样，有一番远大的抱负，想要意气风发闯天下。只是，在我的生命与他的生命交错重叠的这段年月里，我逐渐懂得，原来"父亲"是这样一个词汇：即便被生活压得只剩弯腰的份，依然会为子女撬开一扇通往希望的门窗。年轻时他没能如愿参军，不是上山下乡的知青，他经历过"文革"，却始终与那个大时代脱节。这大半辈子，他缩在乡下做了十几年的木匠，又守着用来养殖的几亩地辛苦撑起了这个家。他没有经商下海的能耐，只能择了一条最朴实也最坎坷的路来走。他不是学识渊博的读书人，甚至不善言辞，对于国家大事，他没法高谈阔论。有时，他会谦虚地问我，如何填写快递的单子，而所有这一切，有时只是为了寄一双我遗落在家里的鞋。

这么长久的时光，我看着父亲从一个精力旺盛的年轻男人，慢慢变成熟，然后，一年一年有了老相。他的头发稀疏了不少，眉目间有了倦怠的神色，对待子女，不再是年轻时候那般严厉苛刻，相反，有时候我觉得他在子女面前越来越温顺，越来越像一个经历了沧桑巨变的老人。

如今，年过五十的父亲已到了古人所言的"知天命"之年。他会把我在外头领到的奖状和证书收藏起来，拿给别人看时脸上是掩盖不住的欣喜和自豪；他会将登有我采访的报纸，一张张用大号牛皮纸信封装好，他说，这是一辈子的荣誉和纪念，千万不能丢了；他也会把我出过的书，刊有我作品的文集放好，尽管他也许一个字都不会去看，他说，读书人的事情，我不懂，但只要你想读，就算再辛苦，我都会支持。

今年父亲节，恰逢我即将大学毕业，忙乱之余，不知出于什么原因，我突然很想回家看看。那阵子，母亲在广州帮姐姐带刚出生的双胞胎，而我们余下三个孩子，又都在外。工作的工作，读书的读书，家里只剩下他一个人，冷冷清清的。5月份，姐姐的孩子满月，父亲生平第一次坐了长途大巴上广州。喝了满月酒，看过两个小外甥，欢欢喜喜。酒宴过后，我提议带他去坐地铁，父亲满口答应了。我给他买了车票，教他过闸口，再教他看地铁里各种各样的标志。父亲觉得很新鲜、过瘾，从广州火车站一路坐到海珠广场，一趟地铁下来，父亲像个不知所措的"孩子"，带着好奇的目光，静静观察着地铁里陌生的乘客，还不时和我讨论地铁的时速到底有多少公里。这时候的父亲，多少带了些憨态。我偷偷看父亲的侧脸，他的眉目有了倦意，但目光却是鲜活的。上下打量一番，我才发现他还是忘了临行前我们嘱咐他的事情：要把皮鞋擦得光亮一点，再穿一身好看点的衣服。不过在摇晃着急速前行的地铁里，他的穿着并没有让我觉得"难堪"——也许他一辈子都是本色和质朴的，也唯有如此，他才是我的父亲，我那无法取代的父亲。

出了地铁，走上来便是阔大的珠江夜景，色彩斑斓的灯火映照在江面，粼粼波光，绵延数百里。父亲第一次见到这样的景象，眼里是掩饰不住的喜悦。我带父亲穿过海印桥，又走下人行道，在璀璨的珠江边，我用手机给他拍了照片留念。父亲很少拍照，留在家里的照片，大多是他年轻时拍的。面对镜头，他显得很不自然，我让他放松一点，看镜头，谁知最后，父亲摆起了他那个年代最为流行但在现在看来却颇"土气"的姿势——叉着腰，一只脚掌微微向前迈开。我看着他，有些无奈，但还是举起手机，按下了快门。

父亲节那天，我回家，拖了重重一大行李箱的书。跟着我的，还有因为毕业季而怅然忙乱的心情。那一次，我从未如此渴念过家，渴念我那个平凡、庸常，却无论如何都能带给我安定的家。

父亲一路上给我打来几通电话，从我上车，到途中，再到我即将抵达，他的电话依然简短："到哪里了？""钱包和手机要放好。""到了告诉我。"

　　我知道，只要到了，下了车，就会有父亲，即便顶着烈日，依旧等着我，没有半句怨言。他接过我手里沉重的行李箱，没有问，也知道这行李箱装的是什么。我爱书，他再清楚不过了。路上，他开着摩托车，很是自豪地对我说："书柜做好了，够你放的了。"他没有提半句做书柜的辛苦，我也万万想不到，十几年没有碰木匠活儿的父亲，竟然会想到要给我做一个书柜。父亲又说："我用了家里的旧木板做的，够结实，比起家私城买的那些好多了。"我想起今年寒假的时候，我央求父亲陪我去镇上的家私城买书柜，谁知道，父亲没有一个看入眼，贵的，他认为不值，便宜的，他又嫌不耐用。我以为父亲这么多年不干老本行了，是不会再重操旧业了。谁知道，原来他一直记得，他那个爱书如痴的儿子，需要一个书柜。

　　回到家，我欣喜若狂，顾不得先吃饭，先奔上楼，去看我房里的书柜。书柜上了褐色油漆，光鲜亮丽，比我还高，做工精致，不管是质地，还是款式，一点不比家私城卖的那些差。父亲随后上来，眉目间掩饰不住的愉悦。对他来说，再也没有什么比送儿子一样心仪的礼物更开心的事情了。我是真的按捺不住内心的喜欢。吃午饭的时候，我们父子俩还是很少话，期间，父亲问我："书都写完了吧？"我扒了口饭，说："写完了。"

　　"那就好好休息，不要熬夜了。"父亲说。

　　那个下午，我把先前寄回家的书，连同这次带回来的，整整齐齐码好，一本本浏览而过的时候，我想起父亲亲手打造书柜的情景，感动之余，又觉得亏欠。父亲节这一天，我没有送父亲礼物，然而他却记得清楚，送了我一样全世界最好的礼物。

　　那天晚上睡下之后，我做了一个很长很长的梦。梦里，父亲是那个壮硕的年轻男人，而我，还是那个满脸好奇的孩子，我在父亲做木匠活的作坊里嬉闹玩乐，拿着锤子和铁钉，胡乱敲打，自娱自乐。而父亲，干活累了，停下休息时，便把我抱在怀里，用他最朴实的语言，给我讲故事。

　　那些久远时光过去之后即将被我淡忘的话语，忽然有一天全部复活了。

　　时光的镜头调近了焦距，又拉远，最终，将这场景完完整整定格下来。

　　我清醒地游离于梦境和现实之间，我看到父亲宽厚的背被汗水浸湿了，看到他孔武有力的手臂青筋毕现。那时，这个充满了旺盛生命力的男人，他的未来才刚彰显出轮廓，尽管尚不清晰，但始终像一个美丽而迷人的召唤，召唤他去努力，去拼搏——即便他的生命卑微如草芥。

　　我想，那时候的他一定不会料到，若干年后，那个无忧无虑的孩子

会迷恋上读书，迷恋上写作，并且，像一个固执的手工艺人一样，一年
一年，坚持了下来；他更不会想到，有一天儿子会忽然提起笔——就像
他时隔许久再一次拿起工具——写一篇和他有关，又或者和他无关的文
字。父亲的木匠装扮，是这么多年来，每一次写小说时，最先跃入我脑
海里的画面，它是一个引人遐想的句子，一个充满魅力的意象，更是湍
流中的一座岛屿，即使风再高浪再急，它始终，始终都在那里。

一个人，
住一年

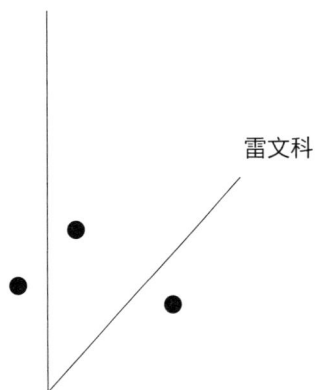

雷文科

雷文科

上海最世文化发展有限公司签约作者

把"写字"当成和做饭、散步一样的爱好，而非梦想，这样也许会坚持更久。

已出版作品：《沙城》《云漂》《没有死亡的命案》《我在你遥远的身旁》《爱久成医》

　　因为搬家，很多书带不走，所以临走之前，一旦有朋友来，我就让他们尽可能地挑走自己喜欢的书，最后只替自己留下一本。其实，那本书厚重得并不方便携带，内容我也看过很多遍，甚至连句子也记得滚瓜烂熟了。但正是如此，我才更加不舍。就像感情，你在那个人身上真真实实地付出过，你才会在濒临失去的时候懂得挽回。所以当我把这本厚重的书——或者说这个我深爱的故事装进饱满的行李箱，坐上火车，经过一日两夜的时间，不辞辛苦地带往另一个崭新城市，我更加不舍得丢弃这本书了。习惯性地把这本书放在床头的枕头边，代替你的存在，每天睡觉之前随便翻一翻，会觉得安心。这感觉，就好像每天都会有人向我道一声"晚安"。

　　而这个时候，我才真真切切地发现，我已经是独自一人了。

　　一个人住也没什么可以惧怕的，至少没有来自他人的管束。我可以胡作非为地颠倒时间，在深夜清醒，在清晨睡去，通宵达旦地让房间里充斥着喜欢的音乐。这样颓废的日子，持续了一段很长的时间。收拾房间的那个下午，一个人步行去一家埋没在街道转角的花卉店，挑选了一盆还未发叶的水仙，它看上去还只是一枚蒜瓣。老板娘是一个始终保持笑容的女人，我觉得她太适合开一家这样的小店了。她说，它需要的仅仅是水和支撑它身体的鹅卵石，还有时间。这一刻，我想，我需要的也仅仅是时间，而已。

　　每天坚持用手机给水仙拍一张照片，以此作为对新生命的记录。大概是两个月之后的一天，我后知后觉地发现，原来水仙已经枝叶繁茂。而我一直以为忘也忘不掉的那个人，也已经在我脑海里模糊成一片遥远景观。有人说，人每七年就会成为另外一个人，而我甚至已经记不起几年前的自己是怎样的。几年前的自己一无所有，没有手机，通讯只能借助公用电话和写信，因此衣袋里时常夹着一本小小的通讯录和一张 IC 卡；也没有电脑，因此只能在草稿纸上写下想要表达的句子；也没有拍下过一张生活照片，以至于到现在都难以想象几年前的模样。不过，那时候的我一定还很年少无知，对一切来自物质与精神的诱惑充满期待和担忧，好和坏总是分得很清楚，什么是想要的，什么是不想要的，也没有那么强烈。

　　不写字的日子，就顺着小区旁边的一条盛满阳光和阴暗的巷子漫无目的地走，走到哪里算哪里，在一家陈旧的商店前停下来，买一些很小的时候才吃的零食，边吃边怀念。过去是回不去了，幸好今天还没有终结，明天也还封存完好。这已经是人间的幸事了。巷子的终点有一个小型的菜市场，每天都是几张熟悉的脸孔，贩卖新鲜得就像刚刚从田地里采摘下来的蔬菜和水果。我疑惑同时也羡慕他们那温存的容颜。或许生活着，就不应该计较太多物质和精神的得失。

买回来一天的菜，按照食谱尝试一些菜的新做法，故意改变调料，用糖代替盐，用陈醋代替酱油，用葱代替蒜，即使根本难以接受新的口味。我只是想以此证明，多吃几次，也会渐渐习惯，就像我会渐渐习惯只有我一个人的生活。

一周的开始成为我固定外出的时间。这个时候大多数人都在为各自的工作忙得焦头烂额，而我则可以不急不缓地，选择步行——有时候也刻意坐上一辆比较绕路的公交车，去江边的一个书市，淘选喜欢的书，还有一些陈旧的信件。交通不是那么拥堵，世界也不是那么喧嚣。我喜欢这些来自20世纪中期的书信，即使文字在当时还不是那么普及，错字别字很多，却散发独特的时代气息，亲情也罢，友情也罢，爱情也罢，都不是那么浓烈和矫揉。一切牵扯感情的文字犹如蜻蜓点水，恰到好处，不像现在，每个人都喜欢浸泡在伤春悲秋的阴郁氛围里，一惊一乍，一丝一毫，都至关重要。感情太浓烈了总非好事，还是稀薄一些，淡泊一些，至少在不小心破碎之后，依然可以不那么声嘶力竭地面对。

去书市的清晨总会让我回想起几年前，我和你两个人在冬天的每个周末，踏着一辆陈旧得一旦跑起来就"哐当"作响的自行车，去一个热闹的早市公园，看看品种繁多的花鸟虫鱼，看看真假难辨的古董，买一些各自喜欢的小物件。只是，那样的生活已经不复存在了，即使如今我依然重复同样的动作，去同样热闹的早市公园，看同样品种繁多的花鸟虫鱼，看同样真假难辨的古董，买同样喜欢的小物件。只是，不再是两个人。

一个人终究会觉得孤独，只是这种孤独往往无处诉说。那天突然想起来，自从搬家以后，已经很久没有给家里打过电话了，便象征性地打过去。电话打通了，却又突然一言不发，爸爸妈妈在电话那边轮流说话，而我却陷入沉默。妈妈大概知道我有什么难以启齿的心事，便问我是不是生病了，是不是哪里不舒服，是不是失恋了。我一一否认，却又说不出个所以然来，只觉得妈妈问得越多，我就越难受。挂断电话以后，便躲在被窝里不争气地哭了一场。

一直以为，爱情和洋葱是世上最催泪的两颗炸弹。去超市买菜，我会在一堆洋葱面前停留，抓起一颗，又放下。甚至没有计划地买一颗回去，怀揣着享受和自虐参半的热心去解剖它，看看它究竟拥有一颗怎样动人的内核，足以令人泪流不止。事实上，每一颗洋葱都没有内核，爱情或许也是如此，只不过被我们动用一时的深情裹缚起来，渲染得神秘兮兮。在我既没有爱情也没有洋葱的时候，我发现自己已经很久没有再流泪，不知道是麻木了，还是成熟了，或者两者都是，又或者两者都不是。有一晚，自己刚刚进入浅眠的时候，嘴巴开始一张一翕地喃喃自语，断断续续说了一些浑浊的话，听不清楚，醒来的时候，发现眼泪像溃堤的洪水，湿了脸庞，湿了枕头，止也止不住。然而此刻的我并非觉得流泪是一件可耻的事，而是很欣然完成一场情感的宣泄。

找了一份用来打发时间的工作，公司在另外一座城市，为此重新搬了一次家。辞职后又辗转反侧，总计搬了四次家，每一次搬家，都舍弃了很多不能带走的书籍和物件。这些在时间里慢慢累积起来的记忆，就这样被毁灭在成长的路途上。厌倦这样频繁地搬家，就像厌倦偶尔对一切失落、绝望的自己。庆幸的是，在那段短暂而规律的日子里，我认识了两个可爱的朋友。我只能用"可爱"来形容他们。每天一起加班到十二点，然后去楼下的烧烤摊吃唆螺和铁板韭菜，喝啤酒喝到凌晨三四点，最后各自散去。下午阳光隐退的时候，三个人骑一辆小小的摩托车出门兜风，沿着一条树木茂盛的水泥路，时而缓慢时而急速地行驶。提出辞职的那天晚上，我们喝了一个晚上的酒。后来大家都醉了，靠在一起，说着彼此搁置在心里的事，直到天明。

这是这一年里一个小小的插曲，虽然短暂，却此生难忘。之后，我又彻彻底底地沦为一个人，一个人辛苦地租房，一个人搬很沉重的行李，一个人用属于自己的东西去填满陌生的房间，试图营造一种熟悉感和安全感。有一次，连续找了一周也没有找到合适的房子，每天只能住在学校附近的招待所里绝望地等待。那天，我拖着累赘的行李箱正好经过一处分叉路口，突然就彻底失去方向感了。我想，如果在这一刻有一个人可以告诉我该如何走下去，那该有多好！可是我在车流拥挤的分叉路口像木头人一样站了整整两个小时，也没有一个如我那样想象的人出现。于是我完全不由自主地失声痛哭了。这是来自身体最本色的表演，不需要任何多余的渲染或酝酿。

　　这一年间，我一个人住。我知道，此后无论出现怎样的状况，我都会不惊不乍地应对。

　　因为，我已经一个人习惯"一个人"了。

一碗

清汤白日梦

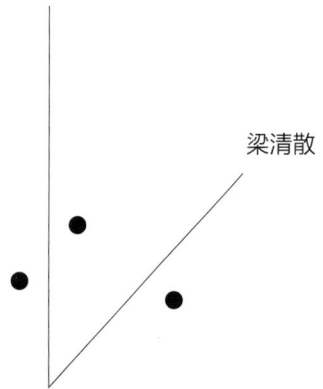

梁清散

梁清散

上海最世文化发展有限公司签约作者

写科幻写奇幻，也写科奇双修各种幻，躲在旧纸堆里窥视着人类世界。

已出版作品：《文学少女侦探》《新新日报馆：机械崛起》

一

从第一次组装后通电成功到现在，已经过去了不当不正十年的时间。

那时和现在没什么太大的变化，面前是条公路，公路外是大海，海风吹来，带着锈意，无论冬夏。只是那时我一点也不在乎，现在却再怎么维护也锈迹斑斑。

与我相伴的，是个简易棚，基本上可以为我遮风避雨阻挡烈日。随着时间的推移，我逐渐才发现原来最令我烦恼的，是海鸥的鸟粪，万一被污染，很难清理干净。幸好十年来，我并非真的只身一个面朝大海，公司还专门为我安置了位工作人员，专门维护和处理我会发生的各种故障。

一转眼，他也就维护了我十年。

二

我，只是一台貌似不大普通的自动贩卖机。所谓"普通"，就是像任何一台自动贩卖机一样，投币给机器选择需要的商品，商品便会从下面的出货口吐出。所谓"不大普通"，则是因为我不卖饮料也不卖零食，没有那么丰富的种类，我只卖一样商品：滚烫的清汤面。

从第一天到这里，就觉得一切都是新鲜的。

被启动之后，我先是按照固有程序完成一系列预热、自检动作，随后打开了安置在我左上角前端的摄像头。

这是我第一次见到世界，面前是条公路，公路外是大海……

天阴沉沉，从我固有的知识包中调出资料来判断，大概就要下起雪来。

我被安置在这里，并没有举办什么仪式，前来围观的人也并不多，加上四个将我运输过来的公司员工，一共仅有 14 人，差了两个就能凑成一个整数（注：电脑程序用的是十六进制），这不得不让我觉得有些遗憾。

或许是因为就要下雪的缘故，公司员工急着要走。四个人只留下了一个工服穿得最随便，瘦瘦高高却面无表情的家伙，其余三人匆匆跳回到运我过来的大货车上离开了。留下的这个人，也就是后来一直就住在我的身边小棚屋里的维护工了。因为这家伙总是一张古板的脸，我就管他叫老古了。当然，这个称号老古他自己永远不可能知道。

来看新鲜的人们仍旧围着我指指点点，我也通过摄像头观察着他们，虽然没有所谓的声音，但我依然能清晰地判断出此时环境里的嘈杂。似乎人们都很兴奋。唯有那个被留下的老古，一个人站到了角落里吸起了烟。

我开始猜测这些人谁将成为我第一个顾客。而结果？只是聚得快，散掉得也快。

转眼面前成了空棚空街，空空如也的大海。

只有老古，在我的视野边缘没有动过位置，吸着烟。没了刚才的热闹，我只好默默地百无聊赖地一遍遍自检着系统。

直到简易棚下面的一盏白炽节能灯亮起，夜色降临，远处一片漆黑，才终于又有人影晃入我的视野。

我的第一位顾客终于降临了？会是谁？

原来……是老古。

面无表情地看着我操作面板上唯一的按钮，抚摸了一下，嘴里嘀咕了一句什么，给我投入了有生以来的第一笔收入。

他按钮按下时，我甚至都有些紧张，完成一系列早已试验多次万无一失的动作。一碗滚烫的清汤面，终于没出任何差错，与程序所设计的一样分秒不差地做好了。

老古仍旧没有表情，只是端出我有生以来第一碗面，坐到简易棚下专为客人准备的长桌前，背对着我吃了起来。

看着他的背影，才发现外面真的如我所料，下起了雪。

我的第一碗面就交代给了这样无聊的一个人，也许预示着整个一生都会如此无聊了吧。

三

落成当天来的人算是比较多了，接下来的日子里真正来到这里的人零零散散，很长一段时间才能有一两个从我的视野中穿行而过。

经过多日的观察，我大概了解到了这个地方的一些基本情况。根据资料我了解到人类会居住在城市里，而我所在的地方怎么看也不像是在所谓的城市之中，没有车水马龙的拥堵，没有灯红酒绿的男女，唯有时而呼啸而过一两辆汽车的公路和公路外的大海。还有一样也是我所拥有，就是一成不变的每日功课。

所谓的每日功课，主要靠老古来完成。每天凌晨，老古都会准时从他的小棚屋里出来，睡眼惺忪地从我的视野边角掠过，到我的侧后方，打开后盖，从中将热汤罐取出，提至旁边的水槽。倾倒掉前一天剩下的热汤，清洗干净，再将已经由公司装配好的汤料灌入，重新装回到热汤灌槽中。热汤罐温度监控仪会立即提示我汤料温度不足，我便启动加热器，开始慢慢将新灌入的汤料煮沸。我不是方便面机的主要原因就在于我有并非冲泡而成的鲜汤。接着老古会回到我的视野内，站在我面前打开前盖，检查塑料面碗的数量，假若销售到一定数量，就补充进来一些。塑料面碗里放的是面饼和一些开水冲泡即熟的干料。

多次看到他对我机身内部的热能恋恋不舍，才逐渐意识到原来这个地方常年以来都很冷，无论冬夏。

实际上老古他没必要每天都来检查销量，每天只有那么三五个人来吃面，掰着人类的手指头都能算得出来多长时间才需要补一次面。我想老古并不蠢，那他大概就是真的无事可做才会这样吧。

说到这里，我倒是比老古生活得充实不少。最近，我喜欢上和一个小孩玩起我发明的游戏。

这个小孩在开机那天就在我的视野之内出现过。接下来的日子里，他在每个星期天下午准时出现。愣头愣脑的样子，总是裹着身比例极不协调的大棉袄。他好像有些怕老古，这也情有可原，老古总是那副古板面孔，我看着他都觉得生气，更不用说一个小孩了。

小孩过来总先是向老古的小棚屋看看，没有人看着他的情况下，他才会走到我面前，踮起脚尖来向投币口里塞钱。

随后，我们的游戏开始。

小孩塞好钱之后，我的确认按钮就会为他亮起。红灯一亮，小孩便会再次踮起脚尖来按。一旦按下，我的程序就算启动。夹扣着面碗的纵向传送带向下挪动一格，面碗与出货口在同一平面后，向前一推，面碗也就到了注汤口正下方，与此同时注汤口打开，滚烫的面汤注入碗中。注入足够的面汤，套在注汤口外的金属盖子就会落下，将滚烫的面汤和干巴巴的面饼闷在碗中，待面和菜料逐渐膨胀伸展开来，再由我将盖子提起。一碗清汤热面也就完成，可以从出货口取出去吃了。

无论是注汤的计量还是闷泡的时间，都是经过反复试验和计算之后设定好的。然而，当我看到这个小孩第一次从我的出货口里端出盛满滚烫面汤的面碗时，那副双手发抖有些端不动的样子立即打动了我。从而游戏就此决定。

计算中面汤会在面碗盛满七成的位置停止注入，而我决定在这个孩子下一次来买面时，我会把面汤注到十成满。

下一个星期天，小孩如期而至。

还是那个样子，探头探脑先看看吓人的老古在不在，随后才放心地走到我面前，踮起脚尖塞钱按按钮。小孩看上去十分期待每个星期都能到这个地方来跟我玩，我也不辜负他地将自己的计划付诸现实。

小孩看着满满一碗汤面在出货口里，愣住了。他的表情就在我的摄像头斜下方，看得十分清楚，令我满足极了。不过，小孩也只是愣了一下，接着双手合十搓了搓，还是勇敢地伸手进出货口端起了面。

原本七成满的面，他就已经颤颤巍巍勉强才能从我这里端到旁边的桌上。现在是汤满到溢出的程度，我饶有兴趣地看着，他刚刚才把面碗从出货口端出来，滚烫的面汤就溢出洒到了他的左手上。他还没来得及转过身去，面碗就在面汤溢出的同时被他抛到了地上，小孩跳着脚似乎还在躲闪着溅起来的汤。尖叫了没有呢？想必是叫了的。因为此时老古也闻声从小棚屋里跑了出来。或许正是老古迅速的反应，才更加坚定了我跟这个孩子一直把游戏玩下去。

看到面撒了一地，老古却没有骂他。这一点略让我有些吃惊。根据资料所说，人类平时越是面无表情也就越容易在事件中发火。老古只是依旧板着脸，蹲到小孩身旁，平视小孩的眼睛说了两句什么，摸了摸小孩的脑袋，也就又站了起来。从兜里掏出钱，又在我这里买了一碗面。

一切自然都是系统完成，我不可能不给老古出这碗面，然而为了掩饰我对小孩的特殊待遇，这一次我也有意注入了满满的面汤。

看着出货口里面汤已经些许溢出的面，老古只是撇了撇嘴，转头跟小孩说了句什么，小孩就乖乖地坐到桌子前去了。老古伸手端出了面碗，我清楚地看到也有滚烫的面汤溢到他的手上，他却像根本不怕烫一样，丝毫没有反应，平稳地将面端到了小孩面前。又为小孩取来了筷子。

这就是老古最无趣的地方，就算被烫到了手，别说扔碗，事后连人类习惯性地吹一吹烫到的位置都没有过。他只是看着小孩终于破涕为笑地吃起面来，才独自走到我的面前，开始收拾起撒了满地的面条。

也许从那时起，老古就开始讨厌我了，不过无妨，我也并不喜欢他，因此根本不会顾及他的反应，一如既往地和那个小孩玩着游戏。小孩仍旧会把面撒出来，这也就代表了他同样很喜欢这个游戏吧，不像老古那样无趣。

四

虽说有欢愉，我却也有烦恼。

烦恼之一自然来源于那个小孩，我没有预料到人类的适应能力会有这么强。在被烫了几次之后，小孩再来买面，竟然随身携带了使用烤箱时才会佩戴的厚手套。这一点让我十分生气，我不是烤箱那种只会按照固有程序完成工作的蠢机器，却要用同样的辅助工具来对待我，我觉得我们之间的友谊都受到了一定的伤害。以及人类小孩的生长速度也太快，没过几年，这个小孩已然不用踮着脚尖就可以塞钱按按钮，并且臂力和平衡能力也都大有长进，面汤越来越少地洒出来了。

我还见到他穿过一阵子学生制服，而后有一次他没有再穿制服，来买了面，一如既往地端着我为他特供的十成满的滚烫清汤面坐到桌前。

老了许多的老古也坐了过去。他们聊了许久，而后离开。这次离开后长大了的孩子再没有出现过，依稀只是记得老古看着他离开的背影，迟迟没有回自己的小棚屋里取暖，似乎是在羡慕着什么。

不过，何必一定要继续说这个孩子，还是重新说说另一个烦恼好了。

这个烦恼，也同样来源于我的一位常客。

他并不像那个小孩从我落成第一天开始就出现在视野中，他第一次出现在我通电运行后的第 256 天。非常吉利的数字却遇到了他。

一大早，只见一辆大型运输车的车鼻子进入到我视野边缘停下，随后这家伙就走向了我。当时的我只知道这是个陌生人，大概是因为老古在棚子外面支起了写着"有热汤面"字样的旗子，才被吸引驻足。

从车里出来后，他就一直用力在嘴前搓摩掌心，看得出他是冷得够呛。

或许从没有见过面条自动贩卖机，他先是在棚子下面四处张望了一番才意识到所谓的热汤面是从我这里买。愣呵呵的样子，就像任何一个初来乍到我这里的人一样，实在好笑。

看这家伙的样子，身体比老古粗壮许多，又开着货车，恐怕是搬运工之类。

那么被滚烫的面汤烫到时会是什么样呢？我暗自兴奋起来，拭目以待接下来的有趣场景。

然而结果……他不仅腕力比这附近的人都要强许多，并且似乎也根本不怕烫。我亲眼看到有滚烫的面汤洒在他的手上，他却毫无反应。实在太扫兴了！

没有发生什么事件，自然也引不来老古出现。

幸好这家伙时常还会再来。又试了几次，发现热汤确实对他无效后，我当机立断改变了游戏内容。我所能自主控制的东西并不多，但依然可以跟他愉快地玩一玩。我发现可以从投币上做做手脚。

等到那家伙再次开着货车来我这里买面时，我依然准备就绪。他投币的同时我控制了货币识别器，随后我们开始了他投币我吐钱循环往复的游戏，你腕力再强再不怕烫也不得不跟我玩起新的游戏了。

我很得意，而后老古被这家伙叫了出来。看到老古过来，我立即恢复了货币识别器，这一次那家伙终于顺利地完成了投币环节。

端着面坐到长桌前，少见地看到老古主动和别人搭话，聊了起来。似乎这家伙对于老古来说不太一般。

但看到无论老古说什么，那家伙都一直在摇头，吃完了面，用袖子抹了抹嘴摆着手走了。

之后许多年，老古似乎都对这家伙有所期望，每次他来，老古都会进入我的视野，和他说上几句，像是在央求什么，但他永远是拒绝着。

谁知道老古要干什么呢，反正他们同样让我觉得无聊。

五

说来老古倒的确是有一手的。

之所以我在和那个货车司机的游戏玩得正欢时，看到老古出现就马上停止了，是因为我知道老古一出手，什么样的小动作都会立即被他修正。他就是这样，总是无趣地阻止着我好不容易想出来的各种游戏。

不过，老古他倒也做过一件好事。在我已经连续不断地工作了八年之后，他终于对我做了大改动。在此之前，由于我经常会把面汤洒到外面，从而防止生锈和蟑螂就成了老古的主要工作，一方面他要整日认真擦拭我的出货口内壁，不能残留一丁点食物汤汁残渣，另一方面，他总是给我捣乱，修改我的线路程序。每次修改完，我都会有很长时间无从下手，老古这家伙的手段相当歹毒，总能把我所能想到的破解办法堵得死死。幸好线路板更多时间是在我的手中，日日夜夜地寻找漏洞，总还是能突破的，我不怕花费精力，我有的是电能和时间。

或许老古知道他对我做的一切都会让我觉得无聊，因此在我们像下象棋一样博弈了八年之后，他为我做了一次让我感激不尽的改造。不知是他从哪里弄来的新型芯片，为我安装上之后，拉来了网线。从那时起，我突然才知道这个世界并不只是视野中这么一丁点。

当然，我知道他让我连通了网络，并不是为了讨我开心，而是要让我升级功能。这一点显而易见，因为老古还改造了我的控制面板，将八年来唯有的一个选项按钮，改为了四个。我看不到按钮上的具体字样，但从老古引领着我在网上下载的升级包来看，应该是变为了酸辣、酱油、骨汤以及最原始的清汤四种口味。口味丰富了，热汤罐自然也需要增加，一切改造全由老古一人完成，看起来他对这次改造干劲十足。

而我只是无奈地看着他每天热火朝天地折腾，同时独自跑到网上去撒野。

上网实在是太刺激了！无限的新知识可以让我获取，还可以更加丰富地了解人类到底是怎样的存在，以及老古的过去，来到这里之前，是个怎样的人。

我刚刚破解了老古曾经上过的大学的学生资料库，看到老古实际上还是个所谓的精英人才，有趣的事情就发生了。大体上，事情和我所预料的相同，来到这里八年来老古第一次爆发出来的热情，彻底白费了。一切改造似乎都是老古自作主张，到最后的环节，公司却回绝了老古要求四种口味汤料配送的申请。我特意到了公司的销售网站上去看，四种口味并非老古臆想，公司实际上都有销售。那么回绝的理由，大概只有

"没有必要"了吧。说来也的确，自从我知道世界到底有多丰富之后，才真切地知道这里到底是有多偏僻。八年来，我也不过卖掉了9512碗面，有的时候好几天都没有人来光顾，绝大多数的面都是老古自己买来对付着一日三餐。

于事无补，老古只有看着已然改造完成的我，继续在我的视野角落里吸烟，吸个不停。

对于我来说，到底是卖一种口味还是四种口味，实在没什么特别，除了我的样子略有变化以外，日子又重归平常。老古似乎从此没再努力过什么，甚至连我的出货口内壁都擦拭得不那么勤了。我依然热衷于试图再最后烫一次那个已经长大的小孩的手，趁老古不在时吐出几次货车司机的钞票。

小孩换掉了制服离开了这里，同时还有着一些微妙的变动，偶尔结伴而来的一对老夫妇，近来只有老太一个人来吃面了，以往总是粗鲁地按按钮的大婶最近竟然挽着个年轻小伙子从我的视野中路过，再不来吃面，以及那个货车司机失去了右手。

货车司机终于丧失了与我游戏的基本素质——腕力，我不必再从货币识别器上做手脚，溢出的滚烫面汤足以烫得他在我面前落泪。或许这场游戏我算是赢了，可是就像那个小孩离开一样，也只有失落，毫无胜利的欢喜。

不过，就在我能够上网以后，也把一直留意到的一件事上网搜查了一下。

货车司机有时会把货车开进我视野里来，那样我就可以看到货车上的标志。那个标志看起来和生产我的公司的标志有着什么样的关联，在能上网之后，我终于经历多次尝试查到了标志所代表的公司，与生产我的公司相类似，同样是家电子器材研发公司。

之后，看到已经不可能再开货车的货车司机再来吃面时，老古竟然还抓着他不放，用我听不到的声音问东问西，我就有了一种不祥的预感。

幸好货车司机把头摇得更加用力，甚至于在被老古问烦的时候会大发雷霆地向老古吼叫，还伸出只剩下肉球的右手，指给老古看。

似乎货车司机所遇到的事故，正与他推荐的老古的某项急于求成的设计有关。

货车司机从此再没来过，我倒是觉得放心了许多。然而，这些并不代表任何事情可以会回心转意向好的方向发展，老古吸烟更凶，我也越来越破旧。

该是什么样的结局，或许早已注定，只是在结局到来之前到底自己猜到了多少各不相同。

六

是从什么时候起，我开始无时无刻不注意起蟑螂来。

在刚刚开机的那几年里，我从来没有意识到过蟑螂是有多可恶。我可以肆无忌惮地将汤料洒到出货口内壁的任何一个角落，反正有老古会及时来擦干净，同时，我的元件涂层也都是防水防污的，这么多层的保护，还有什么可怕。

然而现在……任何溅出的油渍汤汁都有可能从出货口内壁渗透进来腐蚀到我的电路板，生锈、短路随时将会发生。而蟑螂也会无孔不入地钻进我的体内，随意乱啃。它们啃到面碗里的干面的话，或许还算好些，可惜盛放面碗的地方密闭性要比我的电路板强了太多，蟑螂们首选永远是啃食我的电线外皮。

除了推动和传送面碗，以及从热汤罐中汲取汤汁以外，我没有任何可以动起来的机件，像网上看到的用尾巴或者其他什么部位驱赶虫子的方法，在我身上完全不可能实现。我只能一动不动地被它们所侵蚀。

我开始渴望老古再给我做一次改造，甚至不是改造，只是全身元件可以更新一下也可以。当然这只是痴心妄想，即使我可以上网，了解更多有关这个世界的信息，我的世界仍旧只是眼前这一丁点的范围。

对这个世界知道得越多也就越觉得无望。

无望也好妄想也罢，我和老古共同经历的最后一个事件发生了。

快要到第十年时迎来了人类意义上的一个严冬，这天在傍晚时下起了大雪。不过三四个小时，我们的棚子外就已经积上了没过脚踝的雪。老古开始不安地徘徊，我猜他一定是在担心大雪会压塌我们的棚子。

而此时，一个身影从纷飞的大雪中钻进了棚子下面，原来是那位久违了的不可能再开货车的货车司机。货车司机的身材依然魁梧，但是看上去却狼狈极了，上半身已然都被大雪覆盖。

老古看到这位他的老朋友突然出现，不禁一惊，立即跑到我面前塞了钱按动已经改造为四个却仍旧都是同样口味和功能的按钮。我的程序就此启动。

在我正一步步完成做面程序时，老古去了货车司机身边，为他掸身上的积雪。货车司机用没有手的右臂一把将老古推开，也在此时我判断出他一定是喝了不少的酒。在我新学到的知识里有一条：醉酒的人必惹麻烦。

我开始紧张起来，可是老古一点也没能懂得我的心思，仍将滚烫的清汤面端出摆到了货车司机面前。在这种天气下，货车司机恐怕也早已又冷又饿，看到有热面摆上来，迫不及待地就伸出了只有肉球没有手的右臂。当他的肉球触到桌子上摆放的筷子时，先是愣了一下，随后立即爆发。

和我想象的一样，他一把就将盛有滚烫面汤的面碗扫翻在地，猛地站起身来，震落身上全部积雪，用左手抓住了老古的衣领，再一次地朝老古吼叫起来。老古毫不反抗，只是默默地被他单手抓着。货车司机气急，挥动肉球，揍在老古脸上。老古依然只是挨上重重一击，摔了出去。

想必老古是不会反抗的，货车司机却没有继续追打，而是一双怒目瞪向了我。

我真的被他的眼神吓到了！这种恐惧，恐怕就连在我的电路板上美餐着的蟑螂们都被击中电翻。我不知该怎么自卫，我没有任何自卫的方法。

货车司机抬起右脚，重重地踹到了我的出货口上。我感到就连注汤口都一下子扭曲变形。紧接着他又是一脚踹在了老古给我改造新装上的外接热汤罐上，热汤罐立即被踢飞，我们连接的部位被撕裂。

就在我的控制面板也被货车司机抄起的板凳砸烂的时候，老古扑了上来。他那瘦弱的身材，哪里扛得住货车司机的重捶。

不过，终于货车司机的愤怒再次从我的身上转嫁回老古。我似乎脱险了，但货车司机却一发不可收拾一般地用板凳砸起老古的脑袋。重重地富有节奏地一下一下砸在那个还残留了很多想法和设计的脑袋上。

幸好我的摄像头没有被打坏，一切我都看在了眼里。我希望可以用自己的意志早些驱赶走这个已经疯狂的人。

或许是我的意志终于起了作用，也或许只是货车司机清醒过来。他手里拿着板凳，愣了许久，突然扔掉了板凳，逃窜一样冲回了大雪漫天的棚外世界。

剩下的只是白茫茫雪停以后天边的一道曙光。

我不知道躺在那里的老古到底怎么样了，仔细观察，胸口还有微弱的起伏。我希望他能重新爬起来，因为我实在想知道自己现在还能不能正常地做出一碗面了。

然而，他一直没有爬起来。这个废物！难道他不知道在这里，除了他的一日三餐以外，三四天都不会有一个人来我这里买面吗？没有人按动按钮，我怎么才能知道自己是不是还能工作？

老古这个废物呀！

太阳升起又落下，积雪也都化成了泥水，流淌在老古身边，又结成了冰。真是可恶，这样被冰封住，老古就更爬不起来了。什么事都不能尽如我意，真是可恶至极！

不当不正十年的时间也就到了。

十年来，我依旧只能看到视野内这么大的世界，面前是条公路，公路外是大海，海风吹来带着锈意，还有躺在我面前不远的老古，我们一同被彻底遗忘到了世界的边缘，十年未变。

我一个人住

曹小优

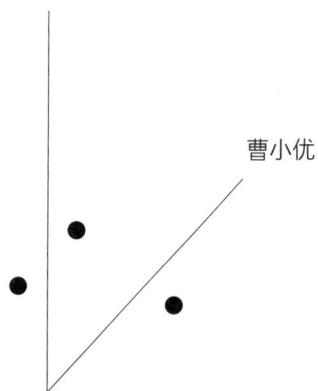

曹小优

上海最世文化发展有限公司签约作者。

人生是一场透明的战争，而我以字为枪，以爱为生。

已出版作品：《你看见我男朋友了吗? 》

一个人在东京住满第四年，收集 1460 个晴天、雨天、和无数只在山手线上优雅踱步的白鸽。

在决定定居这座城市之前，有关西出生的日本人告诉我，这座城市匆忙、冰冷、不近人情。所幸，还未靠近它的时候听到的谣言并未动摇我的心。随着东京站的电梯爬上地面的那一刻，10 月街道上弥漫的桂花香，以及快速奔走的人群，我都还记得。

东京生活的第一年，每天都在跑，一直在迷路。

繁复的街道像茂密的丛林，打扮艳丽的姑娘们一朵朵开在路旁，稍不留神便被捕走心跳。身份是留学生，一个白色的行李箱里装着所有的梦想。

我的房间在一个外国人会馆的第二层，只摆得下一张桌子和一张床的大小。将自己塞进被窝里便无法动弹，公用的厨房和浴室需要投币，厨房 10 日元 15 分钟，浴室 100 日元 15 分钟。习惯在浴缸里看书和发呆的自己，忽然便练就了 15 分钟内完成洗澡洗头的本领。也有回家太晚热水停供的时候，冷水冲到头痛，缩进被窝里打喷嚏，还要安慰自己是为了强身健体。

并非没有委屈。但庆幸委屈来得早，才能轻而易举被新鲜感浇灭。

隔壁住着早稻田大学的韩国女孩 kyonkyon 是我唯一的朋友，母亲去世后她情绪一直不太稳定。每到深夜，便从隔壁传来夹杂在电视声中的哭声。细小的、酸楚的，像冰冷的冬夜，在墙角发抖的猫咪。

起初也会心疼，想要陪她度过哪怕一夜。敲开门后，却看到一张伪装得若无其事的笑脸，哪怕花掉的眼妆上还留着晶莹的泪滴。

"我没事呀，准备睡了。"她用日文回答我，努力地笑，摁住厚重的鼻音。

我点点头，回到自己的房间。隔壁的哭声逐渐弱下去。我有些懊悔，责备自己不速之客般闯入他人软弱的境地。

后来，我开始在听到依稀的哭声后，便打开一首首柔和的歌曲，将音量调大一些，让她能够尽情哭泣。

在东京的第一年，收获了一个和我一样孤独的伙伴和一群新鲜的邻居。楼上的马来西亚女孩每天都在和白人男友吵架；对面那栋的法国人总是见缝插针地约我去酒吧；同一层的巴西女孩每天都送来做多了的牛肉料理；叫佐藤的管理人奶奶太凶了，扔掉了我一口忘在厨房的新锅。

眼酸脑涨的，从图书馆回到这里的夜晚，偶尔会看到 kyonkyon 一个人趴在餐桌上准备考试的身影。头顶传来浴室里溅着水花的脚步声，扑面而来的是陌生的沐浴露的香气……那一刻忽然有种错觉，仿佛闯入了他人的城堡，而自己又非孑身一人。这样的隔阂温柔又寂寞，就像是从东京塔上往下看，闪烁的银河里无数个似曾相识的人生。

半年后，韩国女孩去澳大利亚当交换留学生，我也搬去了江古田车站旁一幢独立的公寓。带有小隔层的一个套间，终于有了独立的浴室和厨房。朋友 N. 偶尔来看我，带来点心和一些洗衣液、柔顺剂。大概他也不太清楚我的生活缺少什么，那时我刚刚考入东大，一切都在起步。什么都缺少，却又什么都是多余的。

N. 是东京出生的成都人，和我在同一间学校的不同研究科。在一次公开演讲课认识之后，偶尔一起吃饭或者旷课说秘密，说不想让日本人听到的秘密时用中文，说不想让中国人听到的秘密时用四川话。三种语言间自由切换的快感很快就加深了我们革命般的友情，第二年在东京的圣诞节，他带我去他家，说是怕我一个人太寂寞。

他好看的眼睛大概是遗传了美丽的母亲，而睿智的眼神定是来自温柔的父亲。那一年年末忽然有种回到家乡的错觉。温馨是最好的礼物，梦境也变得甜美安全。

江古田的公寓住到第二年，房东奶奶忽然打来电话说，打算将这栋房子拆掉重建。被迫搬家。两年之间，积攒的行李已经早已不是一个行李箱可以装走的分量。

而搬家的那一天，N. 没有来送我。放在我家的书也说暂时不要了。问起原因，他也不说。若干时日之后，我才知道，那一天他和女朋友订婚了。大学同一个社团的日本姑娘，细长的眼睛，偶尔也写剧本演话剧。

这一切，他从未亲口说。如此讳莫如深的理由，想来想去，无非是因为他察觉了我未曾说出口的秘密，那种关于他的，并非只是想一起郊游、野炊、谈心，去咖啡馆看书的好感，而是浓稠的、黏腻的，让人无法松手，不能呼吸的喜欢。他畏惧的究竟是我，还是那样的情愫呢？我从未问，他也从未说。唯一不变或者改变的，只是我又回到了只有我一个人的生活。

在东京的第三年，我搬去了代代木附近的高级公寓。

每个月付着昂贵的租金和管理费，身份是某 IT 公司的外国人社员。也许是走运，毕业之后，我顺利地进入了梦寐以求的公司。办公室和家之间只有步行十分钟左右的距离。到了年末，外地的同事开始请假返乡，周一到公司上班，总能看到桌上放着日本各地的特产。每逢周末，偶尔也和同事出去喝酒。

甜蜜的和悲伤的，都在浑浑噩噩的一个人的生活中慢慢消耗着。

第四年年末，去参加大学时期好友的婚礼，外科医生的女儿和在银行工作的同事结婚了。并非是第一次参加好友的婚礼，却从未如此落泪，大概是因为她念的那封给父亲的信。信上说，有一天，当我一个人独自在外觉得疲惫了，还能连夜打包行李，去爸爸家里住一住吗？

听到这里，想起第一次去东京的前夜在书房收拾行李的自己。在客厅看电视的爸爸忽然调小电视音量，以我能听到的声音，微微颤抖地说，我不太懂怎么表达，只知道给你吃好穿好，让你学到更多更好的东西，就是爱了。你要原谅爸爸。出去照顾好自己。要是受了什么委屈想回家，就立刻回来，爸爸在家等你。

记得当时的我停下手中的动作，不知如何作答。他等了等，空气中徜徉过一截沉默。随后他又一点点拨大电视音量，只是再也没有刚才那么响。

婚礼结束的回家的晚上，走在银座闪亮得像是白天的街道旁，我和N. 约好了见面。

再看到他的脸时，我那么难过。

大概我要一直做个活在回忆中的精神病患者，被黏稠的往事裹住，手脚渐渐不能动弹，却也不想再挣扎，只是甘于如此的平缓安和。

我把他忘在我家的书都塞进他怀里，然后转身说再见。大概在他的世界里，我也是一直一直一直，在一个人住。

深深浅浅的都是，最甜蜜的孤独。

我没有足够的力量来支付爱与恨，只想要有个甜美的梦和温暖的家。

抬头往前走，刺眼的灯光诱发了我的泪腺，往外涌出的，大概也是只属于我一个人的寂寞。

远方的高楼出现了 Happy New Year 的灯牌，像是霓虹伸手，想要拥抱这夜东京街头，一切都还不算太坏的我。

出品 / 上海最世文化发展有限公司

官方网站 / www.zuibook.com

平台支持 / 剧透 ZUI Factor

凝固的时间

ZUI Book

CAST

主编　郭敬明

出品人 / 郭敬明

项目总监 / 痕痕

监　制 / 与其　刘雾

特约策划 / 卡卡　董鑫

特约编辑 / 非非　邱培娟

装帧设计 / ZUI Factor (zui@zuifactor.com)

封面设计 / 胡小西

封面插图 / 熊小熊

内文插画 / 熊小熊　舞小仙

图书在版编目（CIP）数据

凝固的时间 / 郭敬明主编. — 长沙：湖南文艺出版社，2017.2
ISBN 978-7-5404-7682-3

Ⅰ.①凝… Ⅱ.①郭… Ⅲ.①短篇小说 — 小说集 — 中国 — 当代 Ⅳ.①I247.7

中国版本图书馆 CIP 数据核字（2016）第 155581 号

上架建议：青春｜畅销

NINGGU DE SHIJIAN

凝固的时间

主　　编：郭敬明
出 版 人：曾赛丰
出 品 人：郭敬明
项目总监：痕　痕
责任编辑：薛　健　　刘诗哲
监　　制：与　其　　刘　霁
特约策划：卡　卡　　董　鑫
特约编辑：非　非　　邱培娟
营销编辑：杨　帆　　周怡文
装帧设计：ZUI Factor（zui@zuifactor.com）
封面设计：胡小西
版式设计：利　锐
封面插图：熊小熊
内文插画：熊小熊　　舞小仙

出版发行：湖南文艺出版社
　　　　　　（长沙市雨花区东二环一段508号　邮编：410014）
网　　址：www.hnwy.net
印　　刷：北京京都六环印刷厂
经　　销：新华书店
开　　本：880mm × 1270mm　1/32
字　　数：150 千字
印　　张：8
版　　次：2017 年 2 月第 1 版
印　　次：2017 年 2 月第 1 次印刷
书　　号：ISBN 978-7-5404-7682-3
定　　价：32.80 元

质量监督电话：010-59096394
团购电话：010-59320018